想经典

吴笛 主编

捕获时间之父

THE CAPTURE OF FATHER TIME

美洲经典童话

吴 虹 译

ZHEJIANG UNIVERSITY PRESS

浙江大学出版社

总　序

优秀的外国文学经典作品，是人类共同的文化遗产，对于中华民族的现代化进程、中华民族文化的振兴和发展以及文化强国战略，都具有重要的意义。注重外国文学经典在中国的普及和传播，其目的是探究"外国的文学"怎样成为我国民族文学的有机组成，并且在文化中国形象塑造方面发挥应有的重要作用。

浙江外国文学团队在 2010 年获得国家社会科学基金重大招标项目"外国文学经典生成与传播研究"立项，实现浙江省人文类国家社科基金重大项目的零的突破，充分展现了浙江外国文学团队在国内的研究实力和影响。在项目实施过程中，处理好学术研究与文化普及两者之间的关系，同样显得重要,应该让文化研究者成为合格的文化传播者或文化使者,并充分发挥文化使者的作用。尤其是研究外国文学经典的传播,不仅具有重要的理论意义,而且更具有重要的传播和普及等现实意义。外国文学经典在文化普及方面有着独特的优势,我们不可忽略。译介、推广、普及外国文学经典,同样是我们的使命,因为优秀的文化遗产不仅应该在审美的层次上,而且应该在认知的层面上引导人们树立正确的价值观和人生观,摒弃低俗,积极向上。

正是基于这一目的,我们拟编一套适于经典普及,尤其适合青少年阅读的外国文学经典作品书系,译介外国文学经典佳作,特别是被我国所忽略、尚未在中文世界传播的国外各个民族、各个时代的文学经典。

外国文学经典,是各个民族文化的精华,是灿若群星的作家想象力的体现,阅读经典的过程是想象力得到完美展现的过程。超凡脱俗的构思、出乎意料的情节、优美生动的描述、异彩纷呈的形象,对于想象力的开发和思维的启迪,往往具有独特的效用。

外国文学经典,也是人类智慧的结晶,阅读的过程,是陶冶情操、净化心灵,获得精神享受的过程。经典阅读,不是一般意义上的"悦"读,而是一种认知的过程,是与圣贤对话的过程。因此,经典阅读,不仅获得享受和愉悦,而且需要用心灵去想,去思考。

外国文学经典,更是人类思想文化的浓缩,阅读的过程,是求知的过程,是接受启蒙、思想形成和发展的过程,是参与作者创造和提升智性的过程。因此,文学经典,是我们整个人生的"教科书",是我们取之不尽的思想的源泉。

所以,文学经典的阅读有着不可取代的特殊的功能,至少包括审美功能、认知功能、教诲功能、净化功能。因此,期待广大读者在获得审美"享"受的同时,汲取可资借鉴的"想"象和智慧,服务于自身的思"想"的形成和文化的需求。这便是我们从世界文学宝库中精心选译经典佳作,以"飨"读者的初衷。

吴　笛

2013 年 11 月于浙江大学

目 录
CONTENTS

加拿大童话

1

巴西童话

目
录

3

加拿大童话

格鲁斯凯普造鸟

　　早在白人来到加拿大以前，有一个邪恶的巨人住在那里，无论他去哪儿，都会制造大麻烦，给人们带来悲伤。人们叫他狼风。没人知道狼风出生在哪儿，但所有人都知道他住在风洞。风洞在黑夜之乡的遥远北方。没风的日子，巨人狼风就把自己藏起来。这时候，太阳暖暖地照耀着大地，海面上也风平浪静，甚至在寂静的夜晚，树叶、花朵和草叶都不会颤动。但是，只要狼风一出现，大树就会害怕地发出沙哑的声音，小树颤抖着，花儿也害怕地低下头，想把自己藏起来，不让狼风发现。狼风经常毫无预兆地来侵犯这些花儿、草儿和树木，他的到来，一点迹象也没有。狼风一来，玉米就倒伏在地上，再也不能生长了；森林中

3

那些高大的树木也发出巨大的声响；而那些花因为太怕他，也都吓死了；就连大河也变白了，呻吟着，尖叫着，冲向岩石，试图躲避狼风。黑夜里，当狼风咆哮时，整个大地都充满了恐惧。

有一次，狼风发怒时，冲上前把所有敢在他路上出现的人都杀死吃掉了。就在那时，许多印第安人住在海边，他们都离开海岸捕鱼去了，他们要捕鱼作为冬天的食物。因为大海向来都很平静，不会产生任何危险，所以他们划着独木舟来到了距离海岸很远的地方，只有孩子们等在岸上。突然，在毫无预兆的情况下，太阳西沉，狼风发着脾气从北方来寻找猎物了，他一边走一边大声吼叫着。

"我是巨人狼风，"他号叫着，"不要挡道，任何一个我遇到的人，我都要把他杀死吃了。"他大踏步向前走着，越发生气。当低头看到那些远在大海中的渔民时，他狂怒地掀起浪花，然后把浪花抛向一边。渔民们根本没有时间逃出狼风的魔掌，无法划独木舟回到岸上。狼风这次来得实在是太迅速了，他抓住渔民们，打碎他们的独木舟，将他们全都杀了。整个晚上，他都在海面上呼啸着，想找到更多的渔民。

到了早上，狼风的气还没消。他看到，在遥远的前方，那些被他吃掉的渔民的孩子们正在岸上玩耍。他知道只剩下这些孩子了，因为他昨天晚上已经把他们的父母全杀了。于是，他决定抓住这些孩子，把他们也杀掉。在愤怒中，

他追逐着这群孩子。他一路咆哮着，快速冲向岸边，疯狂地将海水猛烈地撞到岩石上。就在他接近海滩时，他生气地吼道："我要抓住你们，把你们统统杀死吃掉，把你们的骨头扔在沙子上。"但是，孩子们一听见狼风来了，就迅速跑开，躲在一个巨大的岩石山洞里，然后又用一块大石头把洞口堵上，这样狼风就进不来了。整整一个白天和一个晚上，狼风都在门口大声吼叫着，但是这块堵门的石头实在是太结实了，他怎么撞也撞不碎。于是，他就咆哮着，非常生气地走开了。他吼道："我还会回来抓住你们的，你们逃不出我的手掌心！"

孩子们非常害怕，当狼风走了以后，他们在洞里躲了很长时间，因为他们仍然能够听到狼风在远处森林中发出的吼叫声和横冲直撞的声音。然后，他们才敢出来。孩子们知道他们的父母已经被狼风杀死了，就全都跑进森林，因为那儿比较安全。他们去了一个叫做柳树之乡的地方，那是一块美丽的土地，有草，有花，还有小溪。就在这块土地与狼风居住的北国之间，有很多大树，这些树厚实的叶子会保护他们，让那个巨人无法找到他们。

但是，有一天，狼风真的像他说过的那样怒吼着回来找他们了。他来到大地上，杀死了所有在他路上出现的人。但是，他没法抓到这些孩子，因为那些大树的厚厚的叶子完全把他阻挡住了。孩子们能够听到狼风在远处的森林中吼叫着。在深秋的许多日子里，狼风都没法找到这些孩子，

因为他们的家紧挨着这些大树，而大树的粗大树枝伸展在他们上方，这些大树的厚厚的叶片挽救了他们的生命，只有来自南方那个名叫夏季花朵之乡的地方的太阳才能穿透这些树叶看到他们。老巨人知道孩子们就在那里，但是，即使他用尽所有的力气，也无法伤到孩子们。只要他们住在那个叫做柳树之乡的地方，他们就是安全的。

失败之后，巨人狼风非常生气，他从没这么生气过，他太想吃那些小孩了，他无法控制自己的怒气，于是，他发誓要报复那些树。狼风又一次回来了，他邀请了一位像他一样居住在北国的有着奇怪而强大法力的巨人与他一同前来，那个巨人有下霜的魔力。两位巨人设法破坏那些挽救孩子生命的树。但是，他们的魔法对许多大树根本不起作用，他们俩到来的时候，大树们只是大声笑着，摇摆几下，发出吱嘎的声音，说："你无法伤害我们；我们强壮，因为我们也来自遥远北国那个名叫黑夜之乡的地方，霜冻魔法对我们没有用。"这些耐霜冻的大树是云杉、冷杉、铁杉、松树和雪松。但是，狼风却如愿地报复了其他的树。一天晚上，当秋分前后的满月照亮天空时，在毫无预兆的情况下，狼风在那个会施霜冻魔法的巨人朋友的帮助下来了，毁坏了遮挡孩子们的树叶，把它们全都弄到了地上。山毛榉、桦树、橡树、枫树、桤树和柳树的叶子全都一片片掉了下来。一些叶子掉得非常快，一些叶子则慢慢飘下来，而其他一些叶子则要耗费很长时间才死去。但是，最

后，这些树全都光秃秃的，在寒冷中面对着天空，森林中静悄悄的，弥漫着悲伤的气息。狼风大笑着，和他那位来自黑暗之乡的巨人朋友在没有叶子的树枝间穿梭玩耍。

他说："现在，我终于征服那些挡住我的叶子了，只要我愿意，现在我就能杀死那些孩子。"

这时，孩子们不得不转移到距离那些来自遥远的北国、能使霜冻魔法失去效力的结实的大树更近的地方。狼风够不着他们，他们又安全了。

孩子们看到狼风对他们的朋友兼保护人大树的所作所为，感到非常伤心。夏季又回到了南国，像往常那样，她沿着彩虹之路回到了她在花园的家。现在，森林里又荒凉，又安静，大树再也发不出沙沙的声音，树上一片叶子也没有了，是秋天和狼风摧毁了他们。

终于，一年一度格鲁斯凯普给孩子们发放礼物的日子到了。那时，格鲁斯凯普是大地的统治者，他非常伟大。他乘坐那些忠诚的狗拉着的雪橇来到了大地上，他想知道孩子们要什么。很快，孩子们都来到他身边，每个人都向他说出自己的愿望。那时，格鲁斯凯普在大地上拥有巨大的力量。他总是想做什么就能做什么。那些被狂怒的狼风中伤害的孩子们全都来到送礼物的魔法师格鲁斯凯普跟前，因为树叶没有了，他们所有人都很难过。

"你们想要什么？"格鲁斯凯普问。

"我们不为我们自己要东西，"孩子们说，"但是，我们

7

想让那些狼风在发怒时弄坏的树叶再活过来，因为他们，我们才得救的，我们想让他们再回到原来的位置。"

格鲁斯凯普沉默了很长时间，静静地坐着思考向来是他的习惯，他叼着那根长长的大烟袋狠狠地吸着，因为他特别爱抽烟。那时候，大地上的森林中还没有鸟，因为格鲁斯凯普还没有把它们造出来。那时候，只在海边有鸟，狼风拿海鸥、鹤、野鸭、潜水鸟、翠鸟、黑雁和麻鹬没办法。这些鸟会嘲笑发怒的巨人，它们会尖叫着躲开巨人，当巨人真的到来时，它们就藏在浅滩上、岩石间或者沼泽地上厚厚的草丛中。当然了，也有一些强壮的鸟和人们生活在一起，给人们提供蛋和食物。这些鸟有母鸡、鹅、鸭和野火鸡。它们可以给人类提供食物，但是它们一点也不漂亮。它们只会摇摇摆摆地走，飞不高，而且只要他们一唱歌，就满嘴"叽叽嘎嘎"的声音，一点也不动听。

格鲁斯凯普决定再给世界造一些鸟，它们不用给人类做食物，但是却能在夏季来到这片土地时给孩子们带来欢乐。这些鸟既有美丽的羽毛，又有甜美的歌声。因此，在静静地吸了很长时间烟后，他想到了一条妙计。他对要求一年一度礼物的孩子们说："我没办法把那些被狼风弄坏、剥掉的树叶再重新弄到树上，因为现在实在是太迟了。但是，我要把那些落叶带走，把它们变成小鸟。小鸟们永远也无法忘记它们的出生地。当秋季来临，它们就与夏季一起去那个遥远的叫做夏季花朵之乡的地方，但是春天一来，

它们就跟着回来，他们将居住在距离他们的出生地最近的地方。它们中的大多数将在大树上的叶子下面筑巢，住在那里；而那些在草丛中筑巢的鸟也喜欢大树，喜欢在大树上逗留徘徊。它们会像给予它们生命的树叶一样拥有美丽的颜色，它们会像飘落的树叶一样在空中滑翔，它们的嗓子会发出欢快的溪水般的声音，它们将为你们歌唱甜美的曲子。我将给予那些被狼风剥光叶子的树木一种神奇的力量，每年春天它们将长出新叶子，这样，当夏季从夏季花朵之乡回来的时候，这些树就不再光秃秃的了。虽然当狼风和霜冻巨人从黑暗之乡一来，这些树的叶子就会被狼风剥掉，但是当春天再次来临时，叶子又会长出来。我将削弱狼风的大部分力量，这样他就不会再像以前那样恶毒地伤害你们了。"

像往常那样，格鲁斯凯普挥舞着自己的魔杖，立刻，落叶所在的地方涌现出了大群的小鸟。它们"叽叽喳喳"地叫着，唱着歌，飞回到树上去了。它们的颜色如同给予它们生命的树叶一样美丽。有一些鸟是橡树的叶子变成的，如红胸知更鸟和画眉鸟，它们全都是褐色和红色的。有一些鸟是桤树和柳树的叶子变成的，如雀科鸣禽和蜂鸟，它们浑身都是绿色和褐色的，它们像柳树叶一样在阳光下闪着光，像树叶一样在空中翩翩起舞。有一些鸟是金色的山毛榉和桦树的叶子变成的，如黄鹂鸟和加拿大鸣鸟。还有加拿大枫树的叶子变成的红色唐纳雀、黄莺和蜡嘴鸟，它

9

们身上的羽毛五彩斑斓，有红色、紫色和褐色。所有的鸟都为孩子们歌唱，孩子们开心极了。

然后，格鲁斯凯普把这些小鸟全都送到了温暖的国度，因为那时正值冬季，到处都非常冷。当黑暗之乡的霜冻巨人统治结束时，小鸟们会再回来。春天一到，小鸟们就从夏季花朵之乡回来了。它们总是在树上筑巢，住在距离他们的亲戚，也就是变成它们的那些树叶很近的地方。整整一个白天，它们都在树叶间为孩子们歌唱。天刚破晓的时候，它们用黎明合唱叫醒孩子。傍晚，它们发出"嘶嘶"的声音，"叽叽喳喳"地哄孩子们进入梦乡。晚上，他们全都藏在树叶中躲避狼风，不会发出一点"叽叽喳喳"的声音，也不会歌唱。因为它们不会忘记自己是孩子们向格鲁斯凯普要来的礼物，它们不会忘记自己是狼风剥掉的树叶变成的，那些树叶在很久以前在巨人手中救过孩子们的命。

蜘蛛人的堕落

　　古时候，蜘蛛人住在天国。他住在一间明亮的小房子里，整天在里面织网和又轻又长的梯子，人们沿着这些梯子可以往返于天空和大地之间。星仙子经常在晚上来到大地，以光之仙子的身份四处游荡，为妇女和儿童做好事，他们总是沿着蜘蛛人的梯子来回往返。蜘蛛人必须非常努力地工作：织网、纺线、做梯子。

　　一天，当他稍微有点时间，可以喘息一下时，他朝下看看地国。那儿有很多人在玩，他们或者从椰树上采甜甜的椰子，或者在连绵的小山上采摘浆果，但是大多数男人都懒散地闲逛，无所事事。那时候女人们都遵守印第安习俗，整天工作，男人们却很少干活。所以，蜘蛛人自言自

语地说:"我应该去地国,那儿的男人都闲逛着过日子。我要娶四个妻子,让她们干活,我就可以过舒舒服服的日子了,我太需要休息了。"

蜘蛛人总是日夜不停地纺线织网,对自己的工作有些感到厌倦。但是当他要求休息时,却得不到许可;他的辛苦劳作换来的只是一顿踢打,还被叫做昏昏欲睡的脑袋、懒骨头和其他刺耳难听的名字,而且还被要求工作得更加努力。于是他生气了,决定惩罚那些星仙子,因为他们总是让他拼命干活。他想如果他痛打星仙子一顿,或是把自己变成让他们讨厌的家伙,他们就会把他赶走了。

于是,他想出了一个狡猾的计划。每天晚上,当星仙子爬回天国,将要到达梯子顶端时,蜘蛛人就砍断绳索,这样星仙子就重重地摔到大地上。每天晚上蜘蛛人都这么做,当他看到天国的仙子们从梯子坠落到空中张开四肢乱蹬乱踢时,他就哈哈大笑,而地球上的人就很好奇地抬头看着他们,把他们叫做流星。因为蜘蛛人的伎俩,许多星仙子就这样掉到了大地上,他们或是摔断了四肢,或是损坏了容貌,再也回不到天国了,因为在天国,人们必须有美丽的容貌和形体。

但是,蜘蛛人的伎俩并没有给他带来任何好处。天国的人不会赶他走,因为他们需要他的网,所以,蜘蛛人还是被迫不停地织网,不得休息。于是,他决定自己逃走,一天晚上,当月亮和星星都去工作,太阳也睡着了的时候,

他对天国说了声再见，就顺着自己编织的一条丝线滑落到大地，边往下滑，边织丝线。

像事先计划好的那样，蜘蛛人在地国娶了四位妻子，因为他想让她们干活，而自己却可以清闲自在。他认为他工作的时间实在是太久了。在短时间内，这一切进行得都很顺利，蜘蛛人快乐地过着懒散而满足的生活。他一缕线也不纺，一张网也不织。在大地上，男人们都不干活，只有女人们受苦受累。最后，这些地方男人的懒惰让那时掌管大地的格鲁斯凯普非常生气，他派饥荒神来到这些人居住的土地，惩罚他们的罪行。饥荒神悄悄地来到了这片大地，收割了所有的玉米，并全都带走了，然后他将所有的动物、所有的鸟以及大海与河里的所有的鱼全都召唤到身边，也带走了。大地上什么吃的也没留下，只剩下了水。人们非常饿，只能依靠水生活。他们有时喝冷水，有时喝热水，有时喝温吞水，但是水毕竟是最差劲的食物。蜘蛛人很快就对这种奇怪的饮食厌倦了，因为他一点也不满足于用水来缓解饥饿。他的肚子里装满了水，这让他的身体变得非常肿胀，但是水却没有给他带来营养和力量。因此，他说："这世界上的某个地方一定有好吃的食物，我要去寻找。"那天晚上，当所有的人都睡着的时候，他拿上一个巨大的袋子，悄悄地离开了四位妻子，出发找食物去了。他不想让任何人知道他去哪儿。一连好几天，他仅仅依靠喝水向前跋涉，但是他没有找到任何食物，而那个袋子也仍

然空空地背在他的背上。

终于，有一天，他看到了树上的鸟，他知道现在他已经在饥饿之乡的边缘了。那天晚上，他停在森林中的小溪边饮水，透过大树，他看到前面有一束微弱的光。他迅速朝那束光走去，看到了一个驼着背、脸上有伤疤的人，这个人的背上挂着一盏灯，灯上还有一个盖子，这个人可以按照自己的意愿随意盖上、打开这盏灯。

蜘蛛人说："我正在寻找食物，请你告诉我哪里有食物。"

这位有灯的驼背人说："你是为你的人民寻找食物吗？"

蜘蛛人回答说："不，我只想给我自己找食物。"

然后，那位驼背人大笑着说："你已经在富庶之乡的边缘了。跟我来，我会给你食物的。"说完，他将灯盖一开一合，使背上的灯发出闪光，紧接着就飞快地穿过树林出发了。蜘蛛人密切注视着黑暗中的那束亮光，不得不飞快地跟着，当他到达驼背人停下来的那幢房子前面时，都要喘不过气了。但是，当驼背人看见蜘蛛人疲倦地拖着肥胖的、肿胀的肚子呼哧呼哧走来的时候，他只是大笑了一下。他为蜘蛛人提供了一顿大餐，而蜘蛛人也在长途跋涉之后很快就感觉好多了。然后驼背人说："你是那个曾经在天空中织网的蜘蛛人。我也曾经居住在星星王国，一天晚上，我背着灯沿着你的梯子从地国返回天国。当我接近天空时，你把蛛网的线砍断了，我重重地摔到了地国的土地上。这就是我的后背出现隆起、脸上出现伤疤的原因。因为这个，

我再也不能回到星星王国了。晚上，我就变成林中仙子，像在很久以前那样在大地上逛来逛去，因为我先前的能量还在，所以我的背上仍然背着灯，这是来自天国的星光。我在有生之年，再也无法回到星星国了。但是，有一天，当我在地球上的工作全都结束的时候，我就可以回到星星国。虽然你过去曾经残忍地对待我，我还是会给你食物的。"

蜘蛛人回想起他砍断梯子绳索的那些夜晚，当他想到那些星仙子重重地摔落地面的场景，他暗自发笑。但是，那个身上有灯的人知道，现在是他报复蜘蛛人的时候了，而蜘蛛人没有对驼背人的行为产生任何怀疑。最后，蜘蛛人高兴地得到了食物。

然后，驼背人说："我要给你四口锅。你回到家时才可以打开，那时，锅里面就会盛满食物。在那之后，只要你打开锅，锅里就会盛满好吃的食物，而且那些锅里的食物永远也不会变少。"

蜘蛛人把这四口锅装进了袋子，然后将袋子扛在肩上，出发回家了，他对自己取得的成功感到非常高兴。在蜘蛛人离开以后，驼背人就用法术让他感到饥饿。然而一连好几天，蜘蛛人都只顾着赶路，没有打开那些锅，因为即使很饿，他也希望自己能够按照驼背人说的话去做。然而，到了后来，他实在是忍不住了。就在离家不远的地方，蜘蛛人停了下来，从袋子里取出那四口锅并打开了盖子。四

口锅里盛满了驼背人向他许诺的好吃的食物。一口锅里盛着鲜美的炖肉，一口锅里盛着许多煮熟的蔬菜，一口锅里盛着用玉米做成的面包，而最后一口锅里盛着香甜的成熟的水果。他大吃一顿之后，将这些锅又重新盖好，放回袋子，并把袋子藏在了树林里。然后，他回到了家。这时，他对自己的民族产生了同情之心，因为那些锅总是满满的，里面的食物不会变少，总会盛满够所有人吃到好吃的食物，因此他决定第二天晚上请酋长和全部落的人吃一顿大餐。他想，如果他能在大家饥饿的时候给他们提供食物，大家一定会认为他是一个好人。

于是他回到了家，妻子们看见他回来了，非常高兴，立刻给他端来了水，这是她们拥有的唯一的食物。但是他大笑着鄙视她们，并把水泼到她们的脸上，然后说："哦，愚蠢的女人，我不要水，这可不是像我这样伟大的人物的食物。我刚刚吃过一顿非常好吃的大餐，有炖肉、玉米面包、煮熟的蔬菜和美味的成熟了的水果。我知道在什么地方可以找到这些食物，但是只有我一个人知道。当其他人都找不到食物的时候，只有我能找到，因为我是一个伟大的人。去邀请酋长和所有的人明天晚上来吃大餐——这将是所有土地上的盛宴，因为我的食物永远也不会变少。"她们听了他的话非常惊讶，而他说的那些美味食物使她们倍感饥饿。但是，她们还是出去了，召集部落里的所有人来吃她们的丈夫说的那顿盛宴。

第二天晚上，所有的人都为了那顿盛宴聚集而来，因为关于这顿盛宴的消息已经传遍了每一寸土地。那天，他们一点水也没喝，因为他们都希望吃顿好的，他们都很饿，饿得如同寻找食物的野兽。蜘蛛人因为所有的人都称赞他而感到非常高兴，他非常骄傲地拿来那个放着锅子的袋子，所有的人都饥饿而又热切地等待着。但是，当他打开第一口锅的时候，里面一点食物也没有；他打开了第二口锅，里面还是一点食物也没有；接下来，他打开了所有的锅，但是里面还是一点食物也没有——它们全是空的，而且在每个锅的底部都有一个大窟窿。

现在来说一下这是怎么回事吧。当驼背人，也就是星仙子把那些锅给蜘蛛人的时候，他就知道蜘蛛人不会按照他说的做，一定会在到家之前打开那些锅。他轻声地笑着，因为他知道，这次他终于可以报复蜘蛛人了，因为蜘蛛人曾经伤害过他，所以，当蜘蛛人把那些锅放在树林中的时候，驼背人就用魔法在那些锅上弄出了大窟窿，食物自动增加的魔力就被破解了，食物也就消失了。当人们看到空空的锅子时，他们一定会认为是蜘蛛人故意欺骗他们。因为食物的残渣、炖肉和水果的香味仍然留在那些锅上，他们认为一定是蜘蛛人一个人吃光了所有的食物。因此，在非常饥饿、非常气愤、非常失望的情况下，他们把蜘蛛人按倒在地，狠狠地打了一顿，而这时，那个驼背人正藏在树后旁观，高兴地笑呢，他的后背上依然背着那盏灯。

17

　　然后，人们把蜘蛛人的两条胳膊从手掌劈开，一直劈到肩膀，把他的两条腿也劈开，一直劈到大腿，于是，从那时起蜘蛛人就有了八条腿，而不再是四条腿了。这时，驼背人，也就是那个名叫萤火虫的星仙子从树后走了出来，站在倒下的蜘蛛人旁边说："从此以后，因为你对星星国人民的残忍行为，你将永远用八只脚爬行；因为你曾经喝过很多水，你也会有一个胖胖的、圆圆的肚子，有时你也会住在水面上。但是，从此以后，你只能吃苍蝇和昆虫；你只能朝下结网，再也不能朝上结网了；你会经常试图回到星星国，但是你只能从你织的线绳上滑下来。"说完，萤火虫让他的灯发出闪光，然后快速走开了，就在他轻快地掠过树林的时候，他依然忽而打开忽而关上他背上那盏小灯的盖子。一直到现在，蜘蛛人都像带着灯的驼背人说的那样生活着，因为蜘蛛人在很久以前曾经对星仙子们做过残忍的事。

男孩与红色黄昏

很久以前，在西方大海的岸上住着一位年轻人和一位
比他更年轻的妻子。他们没有孩子，自食其力地生活着，
距离住在离海岸较近的那个小岛上的其他人很远。男人把
时间全都花在去远方的大海中抓深海鱼，或者在远方的河
流中用鱼叉捉大马哈鱼了。他经常一走就是很多天。他不
在家时，妻子总是感到非常孤单。尽管妻子非常勇敢，一
点也不害怕，但是每到傍晚，只能看到铅灰色沉闷的天空，
只能听到浪花拍打海滩的声音，这让她感到十分凄凉。因
此，她日复一日自言自语地说："要是我们有孩子该多好
啊！当他出门的时候，孩子们就可以好好地陪我了。"

　　一天黄昏时分，丈夫又出海捕深海鱼去了，妻子又感

到十分孤独，于是她坐在海滩上，望着大海。西方的天空呈现浅灰色。那时候，那个地方的天空总是呈现让人感到枯燥的灰色，当太阳完全下沉的时候，天空中就一点亮光也没有了。孤独中，这位妇女又自言自语说："我多么希望有孩子来陪陪我啊。"这时，一只翠鸟正带着孩子们在不远处潜水捉米诺鱼。这位妇女接着说："哦，脖颈上有一圈白色羽毛的海鸟，我多么希望我们能像你们一样有孩子啊！"

翠鸟说："看贝壳里面，看贝壳里面。"然后就飞走路了。

第二天傍晚，这位妇女又坐在海滩上朝西方沉闷的灰色天空眺望。不远处，一只白色的海鸥正带着孩子们在浪花中玩耍。于是，这位妇女说："哦，白色的海鸟啊，我多么希望像你一样也有孩子来陪伴我们啊！"

海鸥说："看贝壳里面，看贝壳里面。"然后就飞走了。

这女人对翠鸟和海鸥的话感到非常诧异。就在她坐在那儿想的时候，她听到身后的沙丘中传来一阵奇怪的哭泣声。她循着声音走过去，发现那哭声原来是从一只放在沙滩上的巨大贝壳里传出来的。她捡起贝壳，发现里面有一个非常小的小男孩，正使劲地哭着呢。发现了这孩子，女人特别高兴，她把孩子抱回家小心地照顾着。当她丈夫从海上回来的时候，也非常高兴家里多了个孩子，因为这样他们就不再孤单了。

小婴儿长得非常快，很快就会走路了，想去哪儿就能

去哪儿。一天，女人胳膊上带了一只铜手镯，小男孩看见了就对她说："我得用你胳膊上的手镯做一张弓。"为了让孩子高兴，她就取下手镯，给他做了一张非常小巧的弓和两支非常小巧的箭。于是，他立刻出去打猎了，每天回家都带回他抓获的猎物，有鹅、鸭子、黑雁，还有一些小海鸟，他把这些猎物给母亲当作食物。当他长大一点以后，男人和妻子发现孩子的脸上呈现出一种比他的铜弓箭的颜色还要鲜亮的光晕。男孩走到哪里，哪里就有一缕奇异的光。当他坐在海滩朝西看时，天气总是非常舒适，水面上也会出现奇异的明亮的闪光。养父母对男孩的超能力感到非常惊奇。但是，男孩从来都不说起这件事，当父母说起这件事时，他也总是保持沉默。

碰巧有一次狂风猛烈地吹过大海，海面上波涛汹涌，男人无法出海捕鱼，一连好多天，他都只能待在岸上，而那向来平静的大海却狂怒着，将海浪高高地甩向海滩。不久，他们的食物就全都吃完了，他们又需要鱼当食物。那男孩说："我要和你一起去，因为我能制服暴风雨精灵。"男人不想去，但最后他还是答应了男孩的请求，一起出发穿过波浪滔天的海面去远处的渔场了。没走多远，他们就遇到了发疯似的暴风雨精灵，他从狂风居住的西南方而来，设法掀翻父子俩的小船，但却毫无效果，因为男孩指引着脆弱的小船在大海上航行，小船四周的海面一片平静。然后暴风雨精灵召唤侄子黑云来给他帮忙，于是父子俩看到

21

黑云从东南边的天空匆忙赶来给叔叔助阵。但是男孩对养父说："别怕，我可以轻而易举地战胜他。"果然，黑云一看到男孩，就立刻消失了。

然后暴风雨精灵想，如果他能把陆地掩盖起来，不让男人和男孩看见，小船就会迷路，于是他召唤海雾过来遮住海水。当男人看到海雾像一团灰色蒸汽一样在海面上出现时，非常害怕，因为在海上的敌人当中，他最怕海雾了。但是，男孩说："当我和你在一起的时候，他不能伤害到你。"果真，海雾一看到坐在船上朝他微笑的男孩，立刻就像来时那样迅速消失了。暴风雨精灵非常生气，但也只能匆匆忙忙逃到其他地方去了，那天，在渔场附近的海域再也没有发生危险。

男孩和父亲很快安全地到达了渔场。男孩教给养父一首魔法歌，这首歌能引诱鱼儿进网。在天黑之前，小船上就装满了又好又肥的鱼，然后，他们就出发回家了。男人说："告诉我你法力的秘密吧。"但是男孩说："现在还不是时候。"

第二天，男孩杀了许多只鸟，剥了他们的皮晾干。他穿上珩鸟的皮飞在空中，在海面上飞翔。他下面的大海就像他翅膀的颜色一样呈现灰色。然后，他飞下来，穿上了蓝鸟的皮，又到天空中翱翔去了。他飞行掠过的海水立刻也变成了他翅膀的蓝色。当又一次回到海滩时，他穿上了知更鸟的皮，那知更鸟的胸部羽毛有一种金色光晕，就像

他脸上的光晕一样。然后他又高高地飞起来，他身下的海浪立刻反射出火焰一样的颜色，海面上也呈现出了明亮的闪光，西边的天空也出现了镶有金边的红色。男孩飞回海滩，对养父母说："现在是我离开你们的时候了。我是太阳之子。昨天我的力量已经得到了证实，并且完美无缺。现在我必须走了，我再也见不到你们了。但是，每到傍晚时分，我会经常出现在西边的空中，你们会看到我。当傍晚的海面和天空与我脸上的颜色一样时，你们就应该知道第二天早上没有风，也没有暴风雨，天气会特别好。虽然我要离开了，但我要给你们留下一种神奇的力量。当你们需要我时，你们就做白色的东西给我，让我知道你们的愿望，这样我在西方遥远的家也能看得见。"

然后，他送给养母一件神奇的袍子。与父母告别之后，他翱翔在空中，飞到西方去了，给他们留下无限的悲伤。但是，这女人仍然拥有儿子给她的部分法力，当她坐在小岛上沙丘间的空隙时，只要她解开那件神奇的袍子，风立刻就会从陆地吹向海洋，大海上就会下起暴风雨；她把袍子解开得越多，海面上的暴风雨就越大。但是，进入深秋，当海上冰冷的薄雾到来时，傍晚非常寒冷，天空也是枯燥的灰色，这时，她想起男孩的诺言。她从鸟胸上拔下细小的白色羽毛作为礼物送给他。她把羽毛抛向空中，羽毛像雪花一样随着风飞舞到空中，越飞越密。它们匆匆向西飞去，告诉男孩世界又变成了灰色，阴沉单调，整个世界都

23

渴望见到他的金色脸庞。然后他就出现在人们面前。他经常在傍晚时分到达，在太阳落下后一直徘徊逗留，直到傍晚的天空一片火红、西方的大海闪烁着金色的光芒才肯离去。这样，人们就会知道次日天气很好，不会刮风，就像他在很久以前向人们许下的诺言那样。

信使教渡鸦怎么样引火
《给印第安人带来火种的渡鸦》插图

给印第安人带来火种的渡鸦

　　很久以前，当整个世界还很年轻时，渡鸦和白海鸥是邻居，他们住在遥远的加拿大西北方的海岸上。他们是非常要好的朋友，总是一起和睦地工作，共同拥有许多食物和仆人。白海鸥不知道什么是背信弃义，与他人相处时，他坦率、直爽、诚实。但是渡鸦却是个狡猾的家伙，偶尔还有欺诈行为，甚至还会欺骗。但是海鸥却从不怀疑他，两个人总是非常友好地生活在一起。在远古时代，北方除了星光以外，一片漆黑，什么光亮也没有。海鸥拥有所有的日光，但是他却非常小气，总是把日光锁在小盒子里。他不愿意把日光给任何人，除非他出门远行需要一点光照亮，否则他从不让日光从盒子里出来。

过了一段时间，渡鸦开始妒忌海鸥了。他说："只有海鸥一个人拥有日光，还把它锁在盒子里，这太不公平了。日光不仅对他有用，对整个世界都有用。如果他经常把日光从盒子里放出来一点，那对我们所有人来说实在是太有用了。"因此他对海鸥说："把你的日光给我一点。你根本就不需要日光，让我来用，它能给我带来好处。"

但是，海鸥说："不。我要一个人拥有它，你这个全身漆黑得像夜晚一样的家伙要日光有什么用呢？"他一点日光也没给渡鸦。于是，渡鸦下定决心悄悄行动，从海鸥那儿弄到些日光。

在这之后不久，渡鸦收集了一些多刺的荆棘、牛蒡，把它们撒在海鸥家通往停靠独木舟的海滩上。然后他走到海鸥的窗边，大声叫道："我们的独木舟随着海浪漂走了。快来帮我把那些独木舟拉回来。"海鸥立刻从床上跳起，在半睡半醒中光着脚跑了出去。当他跑到海滩时，他赤裸的脚掌上扎满了刺。他痛苦地哀号着爬回了家，说："我的独木舟愿意漂多远，就漂多远吧。瞧我脚上的这些刺，我实在是走不动了。"

渡鸦轻声窃笑着走了。他假装要去海边把独木舟拉回来。然后，他走进海鸥的家。海鸥仍然在痛苦地号叫着。他哭着坐在床边，想尽办法要把这些刺从脚上拔出来。

"我来帮你拔，"渡鸦说，"我以前经常拔刺。我是一名非常优秀的医生。"于是，他拿来一个用鲸鱼骨头做成的锥子，并拿起海鸥的一只脚，假装拔刺。但是，他并没有把刺拔出来，反而把那些刺扎得更深，直到可怜的海鸥的哀号声比以前更响了。于是，渡鸦说："太黑了，我根本看不见，没法把你脚上的刺拔出来。给我一点日光，我就能把你治好。一名医生总是需要一些亮光的。"于是，海鸥打开盒子上的锁头，轻轻地移动了一下盖子，这样一束微弱的光就出来了。

"这样好多了。"渡鸦说。但是，这次他还是没把刺拔出来，而是像刚才一样，又把刺往肉里面推了推，一直到海鸥哀号着疼痛得乱蹬乱踢才停下来。

"你怎么这么吝啬你的光？"渡鸦厉声说道，"你以为我是猫头鹰，能在黑暗中看得很清楚，能给你治好脚？再把盒子开大一点，我很快就会把你治好的。"虽然嘴里这么说着，他却故意重重地摔倒在海鸥的身上，把盒子也撞到了地上。盖子打开了，日光从里面逃了出来，迅速照亮了整个世界。可怜的海鸥想尽一切办法想把日光骗回盒子，却徒劳无功，因为日光永远地走了。

渡鸦说他为这次事件感到非常抱歉，但是，当他取出海鸥脚上所有的刺后，就大笑着回家了，他为自己计谋的成功感到非常开心。

很快，世界到处都是光亮。但是，渡鸦还是看不清东西，因为光线实在是太强了，他的眼睛无法适应。他坐下来朝东看了一会，但是没看到什么有趣的东西。第二天，

给印第安人带来火种的渡鸦

他的眼睛开始适应新环境了，可以看得更远了。第三天，他能清楚地看到远在东边的小山的轮廓了，小山向天空耸立着，上面覆盖着一层蓝色的薄雾。他长久地注视着这一陌生的景象。然后，他又接着眺望远处的山，他看到一缕细细的炊烟在天空中消散。他以前从没看见过炊烟，但他曾经听那些来自陌生之地的旅行者说起过。"那一定就是他们讲的那个地方，"他说，"那里住着人类，只有他们才拥有火种。我们找火找了这么多年，现在终于发现了。"然后，他又想："现在我们已经有了日光，如果我们也能找到火，那该多好啊！"因此，他决定出发去找火。

第二天，他把仆人全都叫了过来，向他们讲述了自己的计划。他说："因为路途遥远，我们得马上出发。"他叫知更鸟、鼹鼠和跳蚤这三个最好的仆人和他一起去。跳蚤拿出他的小推车，所有人都争着上去，但是车实在是太小了，乘不下这么多人。然后，他们决定乘鼹鼠的小车，但是他的车太不结实了，车子刚一启动，就破了，所有人都从里面掉了下来。接着，他们又开始尝试坐知更鸟的车，但是他的车太高了，因为载重过多，也翻了，所有人都摔到了地上。然后，渡鸦趁海鸥睡觉的时候，把他那辆又大又结实的车偷来了，这辆车再适合他们不过了。于是，他们乘海鸥的车开始旅行，在平原上，他们轮流推车前进。

在那缕细细炊烟的引导下，在经历了那些奇怪地方的怪诞之旅后，他们终于来到了拥有火的人居住的地方。那

些人并不是陆地上的人类。有的人说他们是鱼变成的人，但是没人知道那是怎么回事。因为时值秋季，白天晚上都很冷，他们围着火坐成一个大大的圆圈。许多地方都有火。渡鸦从远处观望了一会，想到一个弄到火种的好主意。然后他对知更鸟说："你比我们飞得快。你必须去偷火。你可以快速飞进去。用你的嘴把火衔起，拿回来给我们，人们既不会看见你，也不会听见你的声音。"于是，知更鸟选了一处人少的地方，眨眼间他就衔着火，毫发无伤地回到同伴那里。但是，他只拿了一块非常小的火。在他回来找朋友的半路上，火实在是太烫了，给他造成了一种奇怪的伤痛，他不得不把它丢在地上。那块小小的火种重重地摔在地上，它实在是太小了，微弱地闪着光。知更鸟叫同伴们把车拉过来。然后，他站在火边，用翅膀给它扇风，好让火继续燃烧。火很热，但是他勇敢地执行任务，直到胸部的羽毛被烧焦才不得不离开。然而，知更鸟挽救火苗的努力毫无效果，在同伴们赶来以前，火就熄灭了，只剩下了一块黑球，而可怜的知更鸟的胸部羽毛却被烧焦了。直到现在，知更鸟后代的胸部羽毛还呈现红褐色，因为那是很久以前他在想办法偷火的时候被烧焦的。

然后渡鸦让跳蚤去偷火。但是跳蚤说："我太小了。火的热量会把我烤死的；而且，我可能算错距离，跳进火里。"

然后渡鸦让鼹鼠去偷，但是鼹鼠说："哦，不，我最适

合做其他的工作了。我的皮毛会像知更鸟的胸部的羽毛一样被烤焦的。"

渡鸦想好了，他是不会亲自去的，因为他是一个胆小鬼，而且他总是让别人干活。因此，他说："我有一个又好又简单的方法。我们可以偷走酋长的婴儿，让他付赎金。也许他们愿意用火来交换孩子。"所有人都认为这是一个好主意。渡鸦问："谁自愿去偷婴儿？"

跳蚤说："我愿意去。我一跳就可以跳进屋子里，再一跳，我就可以跳出来，因为我可以跳很远的距离。"

但是其他人笑着说："你没法抱住婴儿，你太小了。"

鼹鼠说："我要去。我可以悄悄地在那房子下面挖一条隧道，然后再向上一直挖到婴儿的摇篮。那时，我就能偷走婴儿，不会有人听见我的声音，也不会有人看见我。"所有人都赞成鼹鼠这么做。于是没几分钟，鼹鼠就挖好了隧道，很快带着婴儿回来了。然后，他们坐上车，带上战利品匆忙回家了。

当拥有火的那些人的酋长发现孩子失踪时，非常生气。整片大地都因为部落的希望，也就是酋长继承人的失踪而陷入巨大的悲痛之中。小婴儿的母亲和其他的女人们悲痛欲绝，她们的泪水像雨水一样落到大地上。酋长说为了找到孩子，他愿意倾尽所有。但是，他部落的人远远近近找了个遍，还是找不到孩子。

30　　　许多天以后，一位从西边大海那儿来的旅人带给他们

一个消息，说一个陌生的孩子住在远在西方海边的一个村子里。他说："孩子不是他们部落的。那个孩子和你们村里的孩子长得很像。"他建议他们亲自去看看，于是酋长就派了一些人跟着那位旅人去找。当他们到达渡鸦的村庄时，村民们告诉他们那个陌生的孩子就在村子里，并把孩子的相貌描述给他们，但是不让他们看到孩子，而且渡鸦也不可能告诉他们孩子是怎么到这里来的。渡鸦说："我怎么能知道他就是你们酋长的孩子呢？最近人们总是撒各种各样奇怪的谎。如果你们想要他，你们可以用钱来买，因为他给我带来了很多麻烦，开销也很大。"

于是，那些信差们回去向酋长汇报他们听到的话。从他们的描述来看，酋长知道那孩子就是自己的孩子，于是，他让信使带上价值连城的礼物，有珍珠，有贵重的长袍，又把他们派去赎回儿子。

但是渡鸦看到这些礼物后说："不，我不要这些礼物，与我的麻烦相比，这些礼物根本算不了什么。"他不愿意交出婴儿。

信使又把发生的一切汇报给了酋长。然后，酋长让他们带上更加贵重的礼物，也就是他土地上最好的东西，把他们派了回去。

但是，渡鸦又说："不要，与我的麻烦和花费相比，你的礼物根本算不了什么。去，把这话说给你们酋长听。"

酋长听到信使的汇报，既感到伤心，也感到大惑不解，

因为他已经拿出了他所拥有的最好的东西，再也拿不出更好的东西了。于是，他说："回去问那些人他们希望用什么来交换我的儿子。如果我有，他们一定会得到。"因此信使又回到渡鸦那里，按照酋长的意思说了一遍。

渡鸦说："你们只能用一样东西来交换那孩子，那就是火。给我拿火来，你就可以领走那孩子。"

信使笑着说，"你为什么不早说呢？这样我们可以省去多少麻烦和忧愁？我们国家有很多火，我们不用钱就能得到它。"因此，他们高兴地回去告诉酋长。酋长立刻给渡鸦送去了火，换回了毫发无伤的孩子。而且他还给渡鸦送去了两块小石头，让信使教渡鸦如何使用那些石头。他们说："如果你把火弄丢了，或者当火没有食物时熄灭了，你可以用这两块小石头使它重新燃烧起来。"然后他教渡鸦如何用两块小石头和干草、桦树皮和干松木引火，渡鸦认为这很容易做到。

因为把火和光都带给了大地，渡鸦感到非常自豪。很长一段时间，他都把火据为己有，虽然人们大声嚷着要火，他也不把火给任何人。然而没过多久，他改变了主意，决定卖火，因为他现在有引火的本领了。于是，他自言自语地说："这是娶到老婆的最好办法。"因此，他宣布，如果他能得到一个妻子，他就卖一点火。于是，很多人家都从渡鸦那里拿到了火，作为交换，渡鸦得到了很多妻子。直到现在，他仍然有很多妻子，她们总是成群结队地跟着他从一个地方到另一个地方。但是，当印第安人来的时候，他们就把火从渡鸦那里拿走了。这样，很久以前火就传到了印第安人手中。当火熄灭，就像它经常熄灭那样，他们仍然用渡鸦的火石使它重新燃烧起来。

给印第安人带来火种的渡鸦

总是哭的女孩

　　很久以前，在一条远在西方的小溪的岸上，住着猫头鹰人，他的家是一幢位于地下的小房子。他的习惯非常古怪。他总是避开大海，住在大森林里。他几乎没有朋友，经常独自一人去打猎。他靠吃蟾蜍、青蛙和苍蝇为生。他很少说话，当其他人坐在他旁边愉快地聊天时，他总是沉默着一言不发，睁着大大的眼睛凝视着空中，尽量使自己看起来比他本身更聪明。就因为这，人们都认为他很古怪，很快，远近各处都在传播各种关于他的怪诞故事了。谣言说，猫头鹰人非常残酷，他之所以保持沉默是因为他总是在回忆过去做过的各种缺德事，或者在想着他将要做的邪恶的事。当孩子们吵吵闹闹不听话时，通常母亲们用这样

的话就能把他们吓唬好："如果你不改正自己的行为，小溪边的猫头鹰人就会过来把你抓走。"猫头鹰人虽然只孤身一人，但他在这个地方却有很大的影响力。

在离他家不远的地方住着夫妻二人，他们有一个养女。因为她是家里唯一的孩子，总能得到父母的宠爱，可她却一点也不满足，总是要各种她无法得到的东西，并且，她总是哭个不停，让人感到不快。她经常打扰到周围的邻居，因为她总是不停地哭、不停地抱怨，邻居们根本睡不着觉。最后，她的养父母厌倦了她的哭泣，于是，他们说："如果你还继续哭，猫头鹰人就会来把你抓走。"但是，她仍然噘嘴生气，令人厌烦。最后，家里的那个老头说："我希望猫头鹰人来把你带走。"注意啦，这位老人是一位伟大的魔法师，就像他所希望的那样，他的咒语很快就实现了。

恰好就在那天晚上，人们按照每周一次的惯例，借着明亮的月光聚集在海滩上吃丰盛的贝壳晚餐。但是，那个伤心的女孩却没有和其他人一起去。她一个人待在家里生闷气。就在她一个人坐在家里的时候，老猫头鹰人提着满满一篮子蟾蜍和青蛙来了。当他走进来的时候，那女孩还在哭。

"我为你而来，"他说，"就像那位老人希望的那样。"说着，他把女孩和蟾蜍、青蛙一起放在篮子里，带走了。她又叫又踢又抓，但是都没有用，那个篮子的盖子盖得紧紧的。

35

猫头鹰人大笑着说："现在，我终于有妻子了。从此，我就再也不孤单了，人们再也不会认为我古怪了。"于是，他把女孩带到他在小溪边的地下住所。那天晚上人们发现听不到那女孩的哭声了，他们就说："是什么治愈了那张苦瓜脸，是什么取悦了那个爱哭的孩子让她保持沉默？"女孩的养母很想知道她去哪了。但是，只有那个老头知道这一切都是按照他的愿望实现的，因为他的魔法，猫头鹰人把女孩带走了。

女孩在新家一点也不高兴，因为她无论在什么地方都不会高兴。她仍然发出刺耳的尖叫声，猫头鹰人的房子里片刻不得安宁。猫头鹰人是一位伟大的猎人，他每天都在胳膊上挎着大篮子出去打猎，但是出发前，他总是把妻子锁在房子里。他非常擅长打猎，每天晚上回来时，篮子里总是装满了蟾蜍、青蛙、田鼠和苍蝇。但是他妻子根本不吃这些东西。当他把蟾蜍、青蛙、田鼠和苍蝇献给妻子时，她把这些东西全都扔在他脸上，没好气地说："我才不吃你的肮脏食物呢。这根本不配给高尚的人吃。"

猫头鹰人说："高尚的人！你应该找到一个更适合你的词，你一点也不高尚。你是一个野蛮的、邪恶的家伙，我现在就要驯服你。"

女孩又开始哭，又开始生闷气，又开始大发脾气跺着脚。

到了后来，女孩饿极了，因为除了猫头鹰人带回来供

他自己吃的食物以外，没什么她可以吃的东西。他给她采集了些浆果，但这些浆果满足不了她。于是，她想出了一个逃跑计划。一天，当猫头鹰人出去时，她拿来在房子里找到的油，全都涂在脸上和头发上。晚上猫头鹰人回来了，说："你今天晚上真漂亮。你到底做了什么使自己看起来这么闪闪放光呢？"

她回答说："昨天晚上和你出去散步时，我采了些树胶，今天我把它涂在了脸上和头发上。"

他说："我也应该涂一些，也许这样我会更漂亮。"

女孩告诉他说如果他愿意出去采树胶，她就帮他把树胶涂在他的脸上和头发上。于是，猫头鹰人出去了，从树上采了很多树胶，拿回来交给女孩。她把树胶放在一个火炉上融化，使它变成香膏，这样可以很容易倒出来。然后她说："闭上眼睛，这样就不会伤害到你的视力了，我马上就会让你的脸和头发像我的脸和头发一样美丽闪光。"

猫头鹰人闭上眼睛，女孩迅速在他脸上和头上倒上柔软的树胶。她把树胶弄得很厚，说道："你要闭上眼睛，一直到树胶干的时候才可以睁开，否则树胶会让你变成瞎子。"

猫头鹰人按照女孩说的话做了，但是，等树胶干了，他却没办法睁开眼睛。于是猫头鹰人开始揉眼睛，趁这个时候，女孩溜了出去，跑回远在大海边的父母家。

猫头鹰人尽自己所能刮掉脸上和头上的树胶，当他又

能睁开眼睛、看清楚东西时，他就走进黑夜中寻找妻子。他边走边喊："噢、噢、噢，我妻子在哪儿？我老婆在哪儿？我失去了妻子。我失去了老婆。噢、噢、噢。"

人们听到他这样喊叫，就想跟他开个玩笑。因此，他们说："她在这儿，她在这儿。"但是，当他走进他们的房子，发现他们给他看的那个女人不是他妻子时，他就悲伤地离开了。人们都嘲笑他糊涂，说："猫头鹰人变得越来越古怪了。他的脑子已经不好用了。"猫头鹰人挨家挨户寻找，但是他找不到自己的妻子。然后他来到树林，在树枝间寻找。他把树连根拔起，因为他想，她可能藏在树下。他朝河里捕捉大马哈鱼的渔网张望，把它们踢得粉碎。但是，无论在哪儿，也找不到他的妻子。

然后他来到女孩藏身的父母家，他叫道："噢、噢、噢，还我妻子，还我老婆。我知道她在这儿。噢、噢、噢。"但是，女孩的养母却不愿意交出她。于是，猫头鹰人开始拆她们头上的房子，因为住在这所房子里的那个老头出门了，没有人强大到可以阻止发怒的猫头鹰人。那女人看到房子有在她身边倒塌的危险，于是喊道："停下来，你妻子在这儿。"她把女孩从藏身处带了过来。猫头鹰人看到她，顿时怒气全消，喜笑颜开了。

但是，就在这时，那个会魔法的老头回来了。他在远处就听到了嘈杂的说话声。他走进屋子，发现棚顶上有好几个大洞，而一面墙上的木料也被猫头鹰人扯了下来，因

此非常生气，于是，他自言自语地说："我要为今天晚上的事惩罚猫头鹰人和那女孩。"他想出了一条妙计。他对猫头鹰人说："我们必须给你洗个热水澡，把树胶融化，从你的头发上取下来，因为树胶对你不好，它会把你的头发全都黏下来的。"猫头鹰人高兴地同意了。因此，他们按照古时候印第安人的习俗，在一个用树皮做成的大桶里装满水，在桶底放上许多烧红了的石头给水加热。但是，那老头在水里放的热石头实在是太多了，以至于水就要沸腾了。当他们把猫头鹰人放进树皮桶的时候，他差点被烫死，他疼痛地尖叫着。然后那个老头说："现在，我要报复你。你就再也不会来烦我了。你拆了我的房子。因此，你只能是一只猫头鹰，再也不能做人了。你将永远把青蛙、蟾蜍和田鼠当作食物，晚上大地上的人们会听到你叫喊着找妻子的声音，但是你永远也找不到她。"然后，老头就用魔法把他变成了一只猫头鹰，送走了。

老头对女孩说："你也做了这么多事伤害我，把所有的麻烦都带给了我。因此，你再也不能当女孩了，你只能做鱼鹰，你会像以前一样总是哭、总是叫，永远也不满足。"于是，他用魔法把她变成了一只鱼鹰，送到了大海。她总是在海边尖叫，而且她还是个贪吃的家伙，因为她永远也吃不饱。

从那时起，猫头鹰和鱼鹰就再也没有住在一起，他们相处得也不融洽。他们的住处也相距甚远。猫头鹰或者住

在森林里或者住在山上，而鱼鹰则住在海边。老头就这样报了仇，而总是哭的女孩也因为眼泪受到了惩罚。在许多地方，人们仍然能够听到猫头鹰和鱼鹰的叫喊声，一个是在召唤他的妻子，另一个是因为她无法得到想要的东西而尖叫。

猎人与貂

　　在遥远的加拿大北方大地上，住着一位老人和他的妻子以及孩子们。虽然他们住的地方离其他人很远，但是他们从不感到孤单，因为他们有很多事做。那位老人是个伟大的猎人，夏天，他的妻子和孩子靠他捕的鱼为生，冬天，他们把他捕的猎物作为食物。春天，他从枫树上收集树液，把它制成枫树糖浆和枫树糖，这样，他们的食物就变甜了。夏季中的一天，他发现三只小熊在吃他储存的糖块。当他赶到的时候，小熊们已经把糖全吃完了，他很生气。他用一根非常结实的棒子把这三只小熊全都打死了，并剥了他们的皮，把肉晾干。但是，他的妻子说："这么做要遭报应的。你不该杀死那三只小熊，他们太小了，不该杀他们。"

第二天，大熊来找他失踪的孩子，远远地他看到小熊的皮被悬挂起来晾干，就知道他们被猎人杀死了。他又悲伤又生气，他对猎人喊道："你杀死了我的三只没妈的小熊，为报复你的邪恶行为，某天晚上当你放松警惕的时候，我要杀死你的孩子，然后再杀你和你的妻子，我要吃光你所有的食物。"老头向他射了几箭，但那些箭根本伤不到他，因为他是心肠冷酷的棕熊，人类杀不了他。那只心肠冷酷的棕熊总是在晚上来偷食物，老人只能眼看着自己储存的食物一天天变少。很多个日日夜夜，老人都设法去抓那头棕熊，却从没有成功过。他想："在冬天到来以前，在猎物又变得充足以前，我们一定会饿死的。"

一天，在绝望中，他决定在周围找个人问问如何才能杀死那只熊。他来到河边，坐在那儿一边思考，一边吸烟斗。过了很长时间，他召唤河神说："啊，河神，请你在那只熊来钓鱼的时候，帮我淹死他吧。"河的源头远在岩石山中那个盛产石灰石的地方，河水飞快地奔向大海。河神说："我的水不会停留。在下游的海边，有成千上万只牡蛎等着要贝壳呢，我要赶紧把石灰给他们送去做贝壳。"说着，河神急匆匆地走了。

然后，那老头对风精灵说："哦，风精灵，请你今天晚上和我待在一起，帮我杀死那只心肠冷酷的棕熊。你可以撞倒一些大树，压在他的背上，把他压死在地上。"但是，风精灵说："我不能停留。许多满载货物的船只正静静地停

42

泊在海面上等待航行，我得给他们送去力量，推动他们行进。"像河神一样，他也匆忙地赶自己的路去了。

然后，老头对正在他头上经过的制造暴风雨的黑云说："哦，暴风雨中的黑云精灵，今天晚上请你和我待在一起，帮我杀死那只心肠冷酷的棕熊，因为他想杀死我的孩子们。你可以用闪电和雷把他打死。"但是，暴风雨中的黑云说："我不能那样磨蹭。在离这儿很远的地方有成千上万株玉米和小草就要在夏季的酷热中渴死了，因为我看到地面上热浪升起，我得赶快把雨带到那儿去救它们。"像河神和风精灵一样，他也匆忙地做自己的事去了。可怜的老人陷入巨大的悲痛之中，因为没人能帮他除掉这片土地上的那只心肠冷酷的熊。

就在他坐在那儿想该怎么办的时候，一位老妇人走了过来。她说："我从很远的地方来，又饿又累。你愿意给我点东西，让我在这儿歇一会儿吗？"

他说："我们只有很少的食物了，因为每到晚上那只心肠冷酷的熊就到我们这儿偷吃东西，但是你可以分享我们仅有的食物。"说完，他就走开了，过了一会儿，他给那个老妇人端来了很多好吃的饭菜。当她吃饭的时候，老人向她讲述了有关熊的烦心事，他说，没有人帮他除掉那只烦人的动物，而且人类也无法杀死那只熊。

老妇人说："有一种小动物能够杀死那只心肠冷酷的熊。他会来救你的。你对我这么好，我把这根棍子送给你。

43

你马上就在这儿，就在这河边睡觉吧。在你睡觉以前摇晃这根棍子并且说我教给你的话，当你醒来时，把你睁开眼睛看到的第一只动物叫到跟前。他就是我说的那种动物，他能帮你摆脱熊。"她教了他一小段韵文，并从胳膊上的篮子里取出一根棍子送给他。然后，她就一瘸一拐地走了。老头知道她就是他经常听说的那座蓝色神山中的神秘女人。他对此感到非常惊奇，但还是决定按照她说的话做。

在老妇人走了以后，老头把小棍子摇晃了三遍，说：

> 动物，动物，快离开你的洞穴到这来，
> 帮我杀死那只老棕熊！
> 给我做一只有魔力的白色飞镖，
> 刺入那只老棕熊的冷酷心！

他把这段咒语重复了三遍，然后就感到昏昏欲睡，很快就睡着了。他只睡了一小会儿，太阳的热浪就把他叫醒了，因为那火辣的太阳就在他上方。他揉揉眼睛，四下观看，发现在一棵树的后面一只披着棕色毛发的小动物正在观察他。老人想："神秘的蓝山仙女一定是跟我开了个玩笑。那个骨瘦如柴、披着肮脏皮毛的小动物根本不可能杀死熊。"但是，他决定还是验证一下她的话。他又念了一次咒语，那只小动物迅速向他走过来。

"你是谁？"老人问。

"我是貂。"小动物回答道。

"你就是蓝山仙女告诉我的那只动物吗?"老人问。

"正是我,"貂说,"我是被她派来帮你杀熊的,你瞧,因为你的魔杖,我已经做好了小飞镖。"他指向自己的嘴巴,给老人看他又白又锋利的牙齿。

"现在你该执行任务了。"老人兴高采烈地说。

"噢,不急,"貂说,"你得先付给我工钱。"

"我能为你做什么呢?"老人问。

"我为我这件脏兮兮的棕色外衣感到惭愧,我已经穿了很长时间了,"这只动物说,"你有蓝山仙女送给你的那根神奇的魔杖。我想要一件光滑的、闪光的白色外衣,这样我就可以永远穿着它,我想看起来干净点。"

老人再次挥舞魔杖,召唤来了那只动物向他要的东西,立刻,貂的那件粗糙的棕色外衣被换成了一件光滑闪光的白色外衣,像冬天的雪一样,一点杂色也没有。然后,那只动物说:"我还有一个条件。你必须许诺再也不去猎杀那些在夏季还和母亲待在一起的熊崽。你必须给他们长大的机会,这样他们才能自己找食谋生。"老人把手放在魔杖上,许下了诺言。然后,当他再次睁开眼睛的时候,那根魔杖已经在他的手中消失了,它又飞回到蓝山仙女那儿去了。

然后,貂就出发去找熊。那天下午天气非常炎热,森林里到处都静悄悄的,连树叶和草叶都不会颤动,小溪中

45

连一丝涟漪也没有。整个世界都因为夏季的干热昏昏欲睡。但是，貂一点也不觉得热，他正因为自己的白色新外衣而兴高采烈呢。很快，他就遇到了熊，熊正像往常一样，吃饱午餐后全身伸展着躺在河边睡午觉呢。他仰面朝天地躺着，嘴巴张得大大的，鼾声非常响，就像瀑布一样。

"这是他的最后一觉了，"貂蹑手蹑脚地爬到熊的旁边，"你这个危险的小偷，你再也没机会打鼾了。"他纵身一跳，跳进了熊的喉咙里，不一会儿，他就用牙齿刺穿了熊的那颗又冷酷又坚硬的心。熊的心非常结实，印第安人的箭根本射不穿。然后，就像飞快地进入熊的大嘴一样，他又迅速跳了出来，离开这个地方，跑了。熊再也不能打鼾了，他安静地死了，这片土地上就再也没有了偷盗和恐惧。然后，貂回来告诉老人说他已经杀了熊。那天晚上，老人的家里举行了盛大的晚宴。从那时起，每到冬天，北方大地上的貂就换上一件光滑的、像雪花一样洁白无瑕的白色外衣。直到现在，远在北方的猎人们，还像蓝山仙女要求的那样，尽量不去猎杀还在森林中跟着母熊的小熊崽。他们给熊崽们留下成长、变强壮的机会，这样他们就能够自己觅食谋生了。

兔子骗狐狸

很久以前，在加拿大的印第安人时代，兔子给格鲁斯凯普做森林向导，此外，他还是一个名副其实的小偷。他非常喜欢印第安人种的卷心菜、莴苣和扁豆，所以，他经常借着月光悄悄地爬进印第安人种着蔬菜的花园里或者菜地里，偷各种各样的东西。

在离他家不远的地方，住着一位老寡妇，她没有孩子。因为是女人，她不能参加狩猎，而且她也从没有学过如何打猎，因此她就种了一个小菜园，以此为生。从天刚蒙蒙亮一直到黄昏，她都努力干活耕耘她的小菜园，给菜地浇水，拔野草。她种出了绿色的卷心菜、红色的胡萝卜、黄色的扁豆、大大的南瓜和印第安玉米，她用这些东西和印

47

第安猎人们交换鱼和肉。这样,她总有很多食物,日子过得很好。但是,有一天,兔子在巡视途中,发现了印第安老寡妇的菜园,虽然菜园在大森林深处,但是每到夜晚他都借着月光或者星光来菜园盗窃。因为偷吃了好吃的食物,兔子变得肥硕、皮毛光亮。每到清晨,老寡妇都会发现许多卷心菜和胡萝卜失踪了,这给她造成了很大的损害。她想那小偷一定是兔子,因为她听说兔子是一个名副其实的小偷,但是她也不十分确定。于是她一连守了好几个晚上,但也没有抓到兔子,兔子总是悄悄地来,很难在黑暗里看到他。于是,她自言自语地说:"我要做一个假人,把它做成小人的形状,然后把它放在菜园的门口。不管是谁抢劫菜园,我都要把他吓跑,我要保卫蔬菜,否则当寒冷的冬天来临时,我就会被饿死的。"

她从附近的云杉树和冷杉树上采集了许多树胶和树脂,把它做成小人的形状。她用玻璃珠给小人做了两只眼睛,这对眼睛在星光下像火焰一样闪闪放光;接着,她又用松果给小人做了个鼻子,用玉米穗和黄色的苔藓给小人做了头发。然后,她就把小人摆在了菜园的入口处,她知道小偷会从那里进入菜园。"现在,"她想,"我就要把小偷吓跑了。"

当夜幕降临,月亮升到树梢时,兔子像往常一样来偷他的夜宵。当他蹑手蹑脚走近菜园时,看到月光下有一个人站在菜园门旁的小路上。月亮低低地挂在森林的上方,

地面上升起了一层灰色的薄雾，因为这时已近秋季，夜晚已经有点凉了。在雾蒙蒙的光线下，那小人看起来比真人还大，它在草地上投下一个长长的黑影子，就像巨人的影子一样。兔子吓得像杨树叶子一样颤抖着，但是他还是悄悄地站在树后，观察着这个怪人。

兔子静静地观察和倾听了很长时间，但是那人影一动不动，除了蟋蟀的鸣叫声以外，什么声音也听不到。他小心翼翼地走了过来。见那人影仍然没有移动，他就把恐惧抛在一边，胆子也变大了。他太饿了，他能在寂静夜晚的空气中闻到蔬菜和野金银花的味道。他勇敢地走到这个小假人的跟前说："滚开，让我过去。"

小人一动不动。于是，兔子敏捷地打了小人一拳。

但是，小人还是不动。而兔子的拳头却紧紧地嵌进了树胶里，拔不出来。然后，他又用另一只拳头去打小人，像刚才那只拳头一样，这只拳头也紧紧地嵌进了树胶里，怎么拉也拉不出来。

"我要踢你，"兔子生气地说，"吃我一脚！"他野蛮地用脚去踢小人，结果像拳头一样，脚也被紧紧地嵌在小人身上了。然后，他又用另一只脚去踢，但是又被紧紧地嵌在树胶里了。

兔子此时非常生气，他气鼓鼓地说："现在我要咬你！"但是当他咬到小人的时候，他的牙齿，像脚和手一样，也被紧紧地嵌进了树胶里。然后，他用尽全身力气想要把小

人撞倒，但是他的整个身体也都粘到了树胶人上。

他大声叫着，因为他现在实在是太害怕了，老妇人听到他的叫喊声，从屋子里走了出来。

"啊哈！"她说，"你就是那个从我菜园里偷菜的强盗。我要替天行道，除掉你这个偷东西的害人精，今晚我就要杀了你。"说完，她把兔子从树胶人身上拔下来，装进一个结实的袋子，袋子口也用一根结实的绳子系上了。她把袋子扔在菜园门口的小路上，去找斧子要杀兔子。

兔子躺在那儿正盘算着如何逃跑，这时狐狸小心翼翼地走了过来。他没看到阴影中的袋子，一下子绊倒在上面，"砰"的一下摔倒在地。他站起身，对着袋子一顿拳打脚踢。他以前从没被绊倒过，这实在是太让他生气了。他踢着了兔子的后背，踢到兔子疼得叫起来，才肯罢手。

"谁在袋子里？"狐狸听到叫声后问道。

"我是你的朋友兔子。"袋子这样回答。

"你躲在袋子里面做什么？"狐狸问。兔子突然想出一条逃生妙计。他知道很长一段时间以来狐狸都在寻找妻子，但是因为他背信弃义和狡诈的坏名声，没人信任他，没人愿意嫁给他。

"我不是藏在里面，"他说，"这个菜园的主人，那个老妇人，想让我娶她的孙女，我拒绝了，她就把我抓住，关在袋子里。现在她回屋去叫她的孙女了，因为她决定让我今天晚上就在这月光下娶她的孙女。我不想娶她，因为她

又大又胖，而我又小又瘦。"然后，他又"啵呼呼"地哭了起来。

狐狸说："我一直在寻找妻子，我喜欢胖的人。让我代替你进袋子吧，我愿意代替你娶她的孙女，因为在黑暗中，那老妇人不会认出我的。"

兔子高兴地同意了。

然后，狐狸打开袋子，让兔子出来，自己爬进了袋子，兔子则系上袋子口，尽可能快地匆忙离开了。

那老妇人很快提着斧子回来了。她在一块石头上边磨斧头边说："现在，我要杀了你，你就再也不会到我的菜园里偷菜了。只有你们这些偷东西的流氓不来捣乱，我这可怜的人才能活着。"

狐狸听到这些话和在石头上磨斧子的声音，才知道被兔子骗了。那老妇人刚一打开袋子，他就敏捷地从里面跳出来逃跑了，老妇人想追也追不上。狐狸对着星光发誓一定要报复兔子。一整晚他都在找兔子，但没找到。第二天他又找了一整天，也没找到。最后在黄昏时分，狐狸在森林中的一片空地上遇到了兔子，他正在小溪的另一边吃野菜呢。狐狸害怕水，就设法哄骗兔子跳过小溪，到他这边来。但是兔子不愿意去。

"你为什么不吃些奶酪呢？"兔子说，"小溪里有块又大又圆的奶酪。"

狐狸朝兔子指的方向望过去，看见月亮在小溪中又大

51

又圆又黄的倒影。因为狐狸太喜欢吃奶酪了，就想那一定是一块圆圆的奶酪，然后就跳进了水里。兔子希望狐狸被淹死，但是小溪太浅了，狐狸没捞到奶酪，爬了出来。他被吓坏了，浑身疼痛，外衣也湿了。狐狸意识到兔子想害他，非常恼火，但是，他假装不生气。兔子仍然在小溪的对面心满意足地吃着。

"你在吃什么?"狐狸问，在想出办法抓到兔子以前，他设法用话稳住兔子。

"我在吃很好吃的成熟了的水果，"兔子说，"是印第安小甜瓜。"

"给我一个吧。"狐狸说，因为他很饿。

兔子扔给他一只又大又圆的长满绿刺的野黄瓜。"一口把它吞下去，"兔子说，"那样吃起来味道很好。"当时是在晚上，月光透过大树照进微弱的光，狐狸看不清他吃的东西。按照兔子的方法，他一大口吞下了黄瓜，但是那些刺扎在了他的嗓子上，他几乎都要噎死了。就在他被噎得发出"嘶嘶"的声音，想把黄瓜咳出来时，兔子又飞快地逃跑了。这次，狐狸发誓说只要找到兔子，就立刻杀了他。他决定下次一看到兔子，一分钟也不让他多活。

接下来一整天，兔子都藏在干灌木丛中。但是，当太阳下山，西方的天空出现火烧云的时候，一点风也没有，他像往常一样坐在一根原木上，轻轻地吹着长笛，因为他非常擅长演奏印第安笛子。当他吹奏的时候，狐狸趁他不

注意走了过来。兔子看到狐狸正从旁边的树林中观察他，虽然受了点惊吓，但也不愿意输给狐狸。狐狸正要跳起来抓兔子，兔子却说："酋长的女儿刚刚嫁给一位伟大的武士，送亲队伍马上就要从这经过。他们让我坐在这儿，当他们经过的时候给他们演奏音乐。他们向我保证说会付给我一大笔钱，还邀请我去参加婚宴。过来，和我一起演奏长笛吧，他们也会给你一大笔钱，我们一起去参加婚宴，那儿有很多好吃的东西。"

狐狸是个贪婪的家伙，他想可以让兔子先得到那笔钱，然后他再抢劫并杀了兔子，这样，他可以一个人拿着兔子的长笛去参加婚宴，他的复仇就会进行得非常彻底。因此，他决定先冷静一会儿。于是，他说："我没有长笛，没法奏乐，但是我会和你坐在一起，看着参加婚礼的客人们从这儿经过。"

但是兔子却说："拿着我的长笛，我家还有一个。我现在就去取，因为还有点时间。"

于是，狐狸拿过长笛，开始大声演奏，兔子悄悄地溜出了狐狸的视线，假装回家去取他的印第安笛子。但是，他决定干掉狐狸，因为他害怕狐狸已经怕了一辈子了，因此，他没回家，而是把灌木丛点着了。他在狐狸坐的那根原木附近的好几个地方都点着了火。因为长笛的声音很响，狐狸没有听到着火时发出的"噼噼啪啪"的声音，他以为那火光是月亮的光。当火快烧到他的时候，他才意识到危

53

险。于是，他想办法逃走，但是能跑的地方都被火堵住了，找不到出口。最后，在绝望中，为了保全性命，他不得不跳出火环。他逃出来了，保住了性命，但是他的眼皮被烧焦了，有银白色斑点的光滑的黑色外衣也被烧成了红褐色。狐狸疼痛万分，并得出结论说，兔子太聪明了，他根本对付不了。他为自己保全了性命而暗自庆幸，决定先走，以后再报复兔子。他决定以后再也不和兔子友好相处了。

从那天晚上开始，兔子和狐狸就再也没有在一起打猎。直到现在，这只狐狸的后代还有红色的眼睛和红褐色的外衣呢，因为兔子在很久以前把他们的祖先烧焦了。

男孩与龙

　　很久以前，在白人来到加拿大之前，在海边的村庄里住着一个男孩和他的父母。男孩没有兄弟姐妹，总是感到孤独，他渴望冒险和友谊。最后，他决定到其他地方去碰碰运气。一天，就在他刚要离开家去冒险的时候，外面传言说，一条巨龙来到了大地上，走到哪就破坏到哪。巨龙抓走妇女和儿童，把他们一个个吃掉，整个大地因此陷入恐慌。更让人感到不知所措的是，龙有能力变成人形，他经常把自己变成一位相貌堂堂、举止文雅的男子，来到人们中间，实施他的邪恶计划，当人们意识到他出现的时候，已经太晚了。部落酋长召集志愿者去对付龙人，但是没有武士应召。这些勇士在人群中都显得非常强壮有力，但是

要他们去对付一条龙，就是另外一回事了。

当青年听到这个可怕的故事、看到人们的恐慌时，他说："是我做一番大事业的时候了。"因为不知为何，他感到自己有一种超出一般人的能力。因此，他和父母告别，出发冒险去了。一整天他都在森林里行走，直到傍晚才来到一座位于空旷之地中央的高山上。他说："我要爬上这座山，这样我就能看清周围所有的土地了。"于是，他慢慢地朝山顶爬去。当他站在山顶俯瞰整片大地时，他能看到方圆几公里。就在这时，一个男人悄悄地出现在他旁边，那是一个非常英俊的家伙。他们一起聊了一会儿。男孩警惕着这个陌生人，但是他想："有这么好相貌的人，一定不是龙。"他觉得自己的怀疑太可笑了，就消除了疑虑。

陌生人问："你要去哪儿？"

男孩回答说："我要去很远的地方，我要去森林中冒险，因为住在海边太让人感到孤独了。"他没把自己旅行的真正目的告诉他。

"今天晚上，你可以和我住在一起，"新来的这个人说，"我有一幢非常舒适的小屋，就在距离这儿不远的地方，我会给你食物的。"男孩又饿又累，就跟这个男人来到他的小屋。当他们到达屋子时，男孩惊讶地看到门前有一大堆白骨。男孩没有表现出害怕，也没有谈论他看到的恐怖景象。小屋里一位坐着的驼背老妇人照看着一口锅。她正在用一根大棍子在锅里搅拌，锅里盛满了炖肉。当老妇人把炖肉

放在男孩面前时，男孩说要吃玉米，因为他害怕品尝那肉的味道。于是，老妇人给他烤了玉米，他美美地吃了一顿。

一起吃完晚饭后，男人出去捡柴火了，男孩坐下与老妇人聊天。老妇人告诉他："你又年轻、又漂亮、又天真，是我在这个地方见到的最英俊的人。因此，我很同情你，我要警告你要小心危险。你在森林中遇到的那个男人，今天晚上和你一起吃晚饭的那个男人，正是你听说过的龙人。在一般的战斗中，人们没办法杀死他，你要是试着去杀他的话，就太愚蠢了。如果你明天还待在这儿，他就会杀了你。我要给你一双软皮平底鞋，拿上这双鞋吧。你明天早上一起来就穿上，只要迈一步，凭借鞋子的魔力，你就能到达你看见的远处的那座小山。把这片带有图案的桦树皮交给你在那儿遇到的一个男人，他会告诉你接下来应该怎么做。但是，记住，无论你走多远，龙人都会在晚上赶上你。"

青年拿起软皮平底鞋和那块有神秘图案的桦树皮，把他们藏在了衣服下面，说："我会按照您的建议做的。"

但是，那老妇人又说："还有一个条件。在你早晨出发前，必须先杀死我，并把这件袍子盖在我的身上。这样龙人给我施的咒语就会解除，当他离开我的时候，我就会用法力重新活过来。"

男孩睡觉去了，龙人一整晚都睡在他旁边，以免他逃跑。第二天一早，当龙人去不远处的小溪提水时，男孩立

刻执行了老妇人昨天晚上给他下达的命令。首先，他一拳打死了老妇人，把一件颜色鲜艳的斗篷盖在她的身上，因为他知道，当龙人离开这个地方的时候，老妇人还会活过来。然后，他把那双有魔力的软皮平底鞋穿在脚上，只用了一大步，他就到了远处的那座小山。果然，他在那儿遇到了一位老人。他把那块有神秘符号的桦树皮递给老人。

老人仔细地看了看它，微笑着说："你就是我被告知要等待的那个人。这很好，因为你是一位英俊的小伙子。"老人给了他另一双软皮平底鞋，用那双新鞋换走了青年脚上穿的那双鞋。另外，他又给青年一块带有不同图案的桦树皮。他指向远处那座变蓝的小山说："一步之内，你就会到达那座小山。把这块树皮给你遇到的一个男人，一切都会顺利的。"

男孩把那双软皮平底鞋穿在脚上，只用了一步，就到达了那座遥远的小山。在那儿，他又遇到了另外一个老人，他把树皮给了这位老人。这位老人又给了他另外一双软皮平底鞋和一片巨大的写有奇怪符号的枫树叶子，并告诉年轻人去另外一个地方，在那儿，他将得到最后的命令。男孩按照老人说的话做了，果然，他遇到了一位非常老的老人，老人说："在远处有一条小溪。你要去那儿，径直走进去，就像你在干干的地面上走一样。但是不要看水。你拿上这片刻有神秘符号的桦树皮，你想变成什么，它就能把你变成什么，它会让你免于受到伤害。"男孩接过桦树皮，

按照老人说的话做了，很快，他就来到了小溪的对岸。他沿着小溪走了一段距离，天黑以前，他来到了一个湖边。就在他四处张望打算寻找一个温暖的地方过夜时，他突然遇到了龙人，现在龙人呈现出龙的样子，藏在大树后面。老妇人的话应验了，就像她说的那样，他的敌人会在天黑以前赶上他。根本没有时间可以浪费了，男孩挥舞着神奇的树皮，立刻变成了一条小小的有红色鱼鳍的小鱼，在湖里慢慢游着。

当龙人看到了小鱼，叫道："有红色鱼鳍的小鱼啊，你看到我要找的那个年轻人了吗？"

"没，先生，"小鱼说，"我谁也没看到，我已经睡着了。但是，如果他从这条路上经过，我会告诉您的。"他很快游到湖里去了。

龙人沿着湖边走动，而青年在水里注视着他。龙人在路上遇到了一只蟾蜍，就说："小蟾蜍，你看到我要找的那个年轻人了吗？如果他从这条路走过，你一定会看见他的。"

"我只管我自己的事。"蟾蜍说着，跳进苔藓丛去了。然后龙人看到了一条体形巨大、头伸出水面抓苍蝇的大鱼。

"你看到我在找的那个男孩了吗？"

"看到了，"那条鱼说，"你刚刚还和他说过话呢。"他大笑着，然后消失了。

龙人又回来四处找蟾蜍，可怎么找也找不到。就在他找的时候，他遇到了一只沿着小溪跑的麝鼠，他生气地说：

"你看到我在找的那个人了吗?"

"没看见。"麝鼠说。

"我想你就是我要找的那个人。"龙人说。

然后麝鼠痛哭流涕地说:"不是我,不是我,你在找的那个男孩刚刚走开,他踩到了我的房顶,把房顶都踩坏了。"

龙人又一次被骗了。他继续走,很快就遇到了在玩泥巴的老海龟。"你年纪大,又有智慧,"他这样说着,想奉承老海龟,"你一定看到了我正在找的那个人。"

"我看见了,"海龟说,"他顺着小溪,走到了很远的地方。穿过那条河,你就能找到他。但是,要小心,如果当你看到他的时候,你认不出他,他一定会杀了你的。"老海龟知道龙人离他的死期不远了。

龙人沿着湖走,一直来到河边。为谨慎起见,他把自己变成了一条蛇。他想游过小溪。但是,那个年轻人,仍然是鱼的样子,仍然拥有带着神秘图案的魔法树皮的魔力,他正在河水的中央一圈一圈地游着。他游到哪里,哪里就会有一个湍急的旋涡,但是这个旋涡在河面上却看不到。蛇游过来的时候,他除了清水,什么也看不见。就像老海龟说的那样,他没有认出自己的敌人,他在发现旋涡之前就已经游了进去,很快,他就被吸到了旋涡的底部,淹死了。

男孩打捞起蛇的尸体,割下他的头。然后,他也变回自己原来的样子。他去了龙人的住所，想看那老妇人怎么样了。但是，老妇人已经带着她的鲜艳斗篷离开了，那幢小屋也变空了。然后，年轻人回到家，向父母讲述了他所做的事。因为他的勇敢，他收到了酋长送给他的许多贵重礼物，而他们生活的那片土地再也没有被龙骚扰过。但是，从那时起，人们就开始憎恶蛇，因为蛇的身躯里曾经藏过那个龙人。时至今日，没有哪一个印第安人在路上遇到蛇会让它活着逃脱的，因为他们还没有忘记很久以前他们祖先的冒险，他们总是怀疑蛇家族拥有秘密的邪恶力量。

男孩与龙

秋叶与彩虹

很久很久以前，在印第安人来到加拿大以前，所有的动物都像人一样讲话和工作。每年仲夏之后，动物们都要举行一个盛大的会议，所有的动物都要出席参加。但是，有一次，在召开动物大会以前，所有的动物们都想去天空，看看那儿的国家是什么样子。但是，谁也找不到去那儿的路。

陆地上最古老也最聪明的动物是海龟。一天，他向雷神祈祷，请求雷神把他带到天国，果然，他的愿望很快就实现了。顿时，巨大的噪声响起，好像大地被劈成了碎片，后来人们在寻找海龟时怎么也找不到他。他们搜寻了每一个角落，却一点结果也没有。但是，那天晚上，当动物们

抬头看天空时，人们在天空中发现了海龟，他像一块黑云一样飘来飘去。海龟太喜欢天空了，他决定一直住在那儿，以后再把他的子孙送到大地上。天空中的人也同意收下他。他们问海龟："你打算住在哪里呢？"

海龟回答说："我想住在黑云里，因为在那儿有池塘、小溪、湖泊和泉水，我年轻的时候，就住在那些地方。"就这样，他的愿望实现了。但是，每年仲夏，当大地上的动物召开动物大会时，海龟都来参加。他驾着黑云来，然后在动物大会结束后，再回到天空去。可是其他动物都很妒忌海龟的好运气，他们也想和他一样到天上去。

过了一段时间，动物们听到一个谣传，说一种新的生物将从遥远的海洋来到他们居住的大地定居，他们非常沮丧，同时也很害怕。他们仔细讨论了这个问题，都想如果他们也能和老海龟一样去天空生活，那该多好啊！那样他们就不用再担惊受怕、小心翼翼了。但是，当说到如何去天空时，他们都迷茫了，因为老海龟从来没有告诉他们中的任何一个人去天空的方法。

一天，鹿像往常一样独自一人在林中徘徊，偶然间，他遇到了能把彩色路建到天空的彩虹。他对彩虹说："请您把我带到天空吧，我想见见海龟。"但是彩虹不敢这么做，他希望先征得雷神的许可，于是他就设法敷衍鹿。为了争取时间，他对鹿说："冬天的时候，再来找我吧，那时我会在湖边的山上待上一段时间。等到那时，我将非常高兴地

带你去海龟居住的地方。"

漫长的冬日，每天鹿都用渴望的眼神寻找彩虹，可是彩虹没有来。大地上的生活变得越来越艰难了，动物们都对即将来到他们这块土地的新生物感到非常恐惧，鹿又害怕又急切。最后，在初夏的一天，彩虹又出现了，鹿赶快去见彩虹。

"你为什么对我撒谎？"他问，"我整整一个冬天都在湖边的山上等你，但是，你却没有遵守约定。我现在想去天上，因为我一定要见到海龟。"

彩虹回答说："我现在不能带你去。但是，等将来有一天，当湖上升起雾的时候，我将过来驱散雾。那时你过来找我，我将带你去天空，去海龟居住的地方。这次我不会骗你的。"

彩虹与雷神商量了一下，得到了雷神的许可。果然，在这之后不久，有一天湖面上出现了大雾，鹿迅速过来等候彩虹。当然了，这次彩虹遵守诺言来了，他驱散了大雾，将自己的七种色彩组成的穹窿形大门一直从天空延伸到遥远的蓝色山谷。他对站在旁边注视他的鹿说："现在，我将履行诺言。你沿着我的七彩路穿过无数的小山，无数的森林和无数的小溪，不要害怕，你会到达海龟在天空的家。"海龟见到鹿特别高兴，鹿也喜欢天国，便决定永远待在那儿。他在天空漫游，好像一阵风从一处刮到另一处。

当仲夏过后，收获季节即将来临时，一年一度的动物

大会又开始了，鹿有生以来第一次没有参加大会。动物们等了他很长时间，因为他们需要他的建议，但是鹿却没有来。动物们放出很多鸟去寻找他。黑鹰、啄木鸟和蓝鸟都在森林里找他，但是他们连鹿的一点踪迹都找不到。然后狼和狐狸也在远近的森林中搜寻，但是等他们回来后，他们也报告说找不到鹿。最后，海龟来参加动物大会了，像往常一样，他驾着黑云而来，黑云中有池塘、湖泊、小溪和泉水。熊说："鹿没来参加动物大会。鹿在哪？没有鹿，我们没法开会，我们需要他的建议。"

海龟回答说："鹿在天上。你没听说吗？彩虹用各种颜色为他造了一条神奇的路，通过那条路，鹿就到了天上。他现在就在天上呢。"说着，他用手指向一朵在他们头顶匆匆走过的金色的云。

海龟建议动物们都去天上生活，等他们确定新来的生物不会对他们造成伤害以后再回来。说完，海龟就把彩虹制造的那条延伸到地面上的彩色路指给动物们。大会上动物们一致赞同海龟的观点，但是他们却对鹿没有任何征兆地离开表示非常愤慨，他们认为所有的动物都应该真诚地生活在一起，要么都生活在地上，要么都去天上。熊最生气，因为他有力量，不害怕谣传中的新生物。他一直以来就鄙视鹿胆小，缺少耐心。"鹿抛弃了我们，"他说，"他在我们危难的时候，将我们抛弃，这有悖于森林律法和我们的防御法典。"他心里想："当时机成熟的时候，我将就此

惩罚他。"

　　时值深秋，动物们商量好的离开大地的时间到了，彩虹又一次为动物们铺了一条通向天空的闪光的道路。熊第一个上去，因为他是领导者，他想用自己的力气来测试他们去天空必须经过的这条燃烧着各种色彩的路是否结实。当他快到天空时，他遇到了鹿，鹿正在那儿等待着欢迎动物们来他们的新家呢。熊生气地对鹿说："你为什么毫无预兆地一个人去海龟居住的地方了？你为什么把我们留下？你为什么抛弃动物大会？你为什么等到所有人都来的时候，才出来等候？你是一个叛徒，你对我们的信仰不忠诚！"

　　鹿也生气地回答说："你以为你是谁，可以怀疑我、怀疑我的信仰？除了狼，谁也不可以问我到天上来的原因；除了狼，谁也不能质疑我的忠诚。你这么傲慢，我要杀了你。"自从到天上来生活以后，鹿变得非常骄傲，不再像在大地生活时那样胆小了。因为愤怒，他的眼睛闪着光，他拱起脖颈，低下长着角的头，发疯似的向熊奔去，要把他从彩虹路上推下去。

　　但是熊一点也不害怕，因为在大地时，他和鹿比过力气。他低沉的、嘶哑的咆哮声响彻整个天空，他准备迎战。熊和鹿撞在一起。他们战斗了很长时间，一直战斗到那条燃烧着各种色彩的路开始颤抖，天空也因为他们战斗的力量开始摇晃起来。湖边，那些在彩虹路的另一端等候的动物们都抬头往上看，他们都亲眼见到了熊和鹿之间的这场争斗。他们非常担忧战斗的结果，他们不想让熊死，也不想让鹿死。因此，他们派狼去天空中制止这场战斗。当狼到达时，熊在"哗哗"地流血，因为鹿用角刺穿了他的脖子和身体。鹿也在流血，因为熊用爪子在他的头上撕开了一个巨大的伤口。狼很快让战斗停了下来，熊和鹿也都走开去包扎伤口了。然后，其他动物都沿着彩虹的闪光道路走上天空。他们一致决定在天空生活，等新物种来到大地时，他们再把后代送回大地。现在，人们经常在天空中看到这些动物，他们在天空中呈现出的姿态和他们在大地上的姿态一样，他们如云朵一般，在天空匆匆飘过。

但是，当熊和鹿离开战场，沿着彩虹路走向天空时，他们的鲜血滴了下来。血沿着彩虹滴到了他们下面的树叶上，把树叶染成了各种颜色。在北方，每当秋天来临时，树的叶子就会呈现出明亮鲜艳的色彩，这些颜色是很多很多年以前，熊和鹿在彩虹路上打架时滴落下来的。自那以后，熊和鹿就再也不是朋友了，他们的后代也不会像他们的祖先在很久很久以前那样，平静地生活在一起。

兔子与月亮人

很久很久以前，兔子和他的老祖母生活在加拿大大森林的深处，距离其他人很远。兔子是这块地方一位伟大的猎人，他设圈套、布陷阱捕捉猎物作为食物。那时候正值冬季，他捉了许多小动物和小鸟带回家给老祖母和自己作食物。他对自己的成功感到非常高兴。但是，过了几个星期之后，他就再也捉不到猎物了。他总是发现自己的陷阱或者圈套周围有很多脚印，种种迹象表明动物们来过此地觅食，但是陷阱和圈套却总是空的。于是，他才明白，一定是晚上的时候他遭窃了，一定是小偷偷走了他陷阱中的猎物。那时，天气非常寒冷，森林里又下了厚厚的雪，兔子和他的老祖母急需食物。每天早上，兔子都早早起床，

匆匆忙忙赶去看他的陷阱，但是，陷阱总是空的，那个贼总是赶在他来之前偷走猎物。他大惑不解，因为他实在想不出那个贼到底是谁。

后来，一天早晨，就在刚刚下过雪的时候，他在陷阱边上发现了一个长长的脚印，他知道那就是偷窃猎物的人的脚印。那是他见过的最长的脚印了，又长又窄又轻，就像一束月光。兔子说："从现在开始，早上我要起得更早，我要赶在小偷拿走猎物之前到达陷阱，这样，当小偷来的时候，就会发现陷阱是空的了。"每天早晨他都早早起来抓小偷，但是那个有长脚的人总是赶在他之前到那儿。而他的猎物也总是不翼而飞。无论兔子起得多早，小偷都比他早，而他的陷阱也总是空的。

于是，兔子对老祖母说："无论我起得多早，那个长着长脚抢我猎物的人，总是在我之前起床。今晚我要用弓弦做一个圈套并在那儿待一个晚上，这样我肯定能抓到他。"于是，他用结实的弓弦做了一个圈套放在他的陷阱旁边，然后他拉住弓弦，把它牢牢地系在一棵树上。他安静地坐着，等待那个长着长脚的人出现。当他出发的时候，还有月光，可是很快森林就变暗了。月亮突然消失了，而星星依然在白雪上空闪闪放光，天空中连一片云也没有，兔子想知道月亮发生了什么事。他静悄悄地等着，在星光下感到有点害怕。

很快，他听到有人来了，那人鬼鬼祟祟地穿过树林。

然后，他看到一束让他感到头晕目眩的白光。那束光走向陷阱，然后恰好停在了兔子设计好的圈套旁边。兔子趁机拉紧弓弦，像他预期的那样收紧了圈套，把弓弦紧紧地绑到了一棵树上。他听到挣扎的声音，看到白光从这边移动到那边，但是他知道他已经抓住了囚犯，那个长着长脚的家伙终于被他捉住了。他非常害怕白光，就飞快地跑回家，告诉老祖母他抓到了那个偷他陷阱里猎物的贼，因为他不敢看，所以他不知道那个贼到底是谁。

老祖母说："你必须回去，看看那个贼是谁，告诉他不要再抢劫你的猎物了。"

可是兔子说："我想等到白天再回去，因为月亮下山了，森林里很黑。"

但是老祖母说："你必须去。"

因此，可怜的兔子虽然非常害怕他看到的东西，还是出发去他的陷阱那里了。

当他走近陷阱时，看到那束白光仍然在闪。那光太亮了，他的眼睛都要睁不开了，他不得不在远处停下来。然后，他又走近了一点，但是他的眼睛很快又感到非常疼痛。有一条小溪在他旁边流过，他在冰冷的溪水中洗了洗眼睛，但这并没有缓解他眼睛的不适，他的眼睛依然又热又红，因为光线太强烈，他都流出眼泪来了。于是，他抓起一把把的雪，做成雪球朝那束光扔去，希望那光熄灭。但是，雪球一接近那束光就融化了，像雨一样落了下来。兔子的

眼睛还是感到刺痛，他在小溪里抓起大把大把的黑色软泥，做成圆球，用尽全力投向那束白光。他听到泥球撞到东西发出迟钝的声音，然后，他又听到囚犯，那个躲在闪光后面的长着长脚的家伙的高声叫喊。一个声音从那束光传了过来，说道："你为什么给我设圈套？快过来，把我解开。我是住在月亮上的人。现在，天就要亮了，在黎明以前，我必须走在回家的路上。你已经用泥巴弄脏了我的脸，如果你不立刻释放我，我就把你部落里的人全都杀了。"

可怜的兔子比刚才还害怕，他跑回家，告诉老祖母发生的事。她的老祖母也非常害怕，因为她知道这事不会有什么好结果的。她告诉兔子立刻回去，给那个住在月亮上的人松绑，因为夜晚已经差不多过去了，黎明就要来了。于是，可怜的兔子虽然吓得直哆嗦，还是跑回了陷阱。当还有很远的距离时，他就喊道："如果你再也不来抢我的猎物，如果你再也不到地上来，我就放了你。"

圈套中的囚犯许诺说："我借着白光发誓。"

然后兔子非常谨慎地走了过来。他不得不闭上眼睛，摸索着前进，因为那白光实在是太耀眼了。因为白光的热量，他的嘴唇颤抖着。最后，他冲了过来，用牙齿咬断了弓弦圈套。而那个月亮人也因为看到东方的黎明而匆匆上路了。但是，兔子在接近白光时，眼睛都要被烤失明了，肩膀也被烧伤了。于是从那时起，兔子经常眨眼睛，眼睑也变成了粉红色，他只要一看到亮光就会流眼泪，而他的

嘴唇也总颤抖着。他的肩膀也被烤成了黄色，即使冬天来临，他换上雪白的冬装，肩膀也还是黄色的。因为很久以前，当他将月亮人从圈套中松绑的时候，那个月亮人散发出的光和热把他烤坏了。从那时起，月亮人再也没有到地球上来过。他老老实实地在天空履行自己的职责，每到夜晚，照亮森林；但是，他的脸上仍然有兔子扔的黑泥巴的印记。所以，有时候，他要离开几个晚上，找一个安静的地方去洗脸上的泥巴，那时大地一片黑暗。但是，他从来也没将自己的脸洗干净过，当他回来工作时，泥球的印记仍然挂在他闪闪放光的脸上。

共用一只眼睛的两个孩子

　　很久以前，有一男一女两个小孩和他们的寡妇母亲一起生活在加拿大的大森林里。那女人很穷，因为她丈夫老早就死了，她不得不勤勤恳恳地干活，好给她和两个孩子提供足够多的食物。她经常离开家去很远的地方捕鱼或者打猎，有时候，她一去就是好几天。当她出门的时候，就把孩子留在家里。慢慢地，孩子们长大了，但是很少受到监管，也不知道什么是纪律。很快，他们就因为随心所欲，变得一点也不守规矩了。当他们的母亲打猎回来时，总是发现他们不听话，而他们也总是我行我素。他们一天天长大了，却越来越任性，越来越不顺从了，他们的母亲也没办法管住他们。于是，她说："总有一天你们会因为任性而

遭到报应的。"

一天，这女人去拜访附近的一位邻居。出门前，她在炉子上放了一大锅沸腾的熊油。她对孩子们说："当我不在的时候，不要去动那口锅，因为如果油脂着火，会伤到你们的。"但是，那两个孩子仍然一直在锅边玩耍，所以她没走多长时间，男孩就对女孩说："我们看看油脂会不会着火。"于是，他们拿起一根燃烧着的木棍扔到油脂里，然后站在那儿往大锅里看会有什么事发生。油脂立刻飞溅出来，瞬间闪光划过，火蛇从大锅里向上窜，烧到了孩子们的脸。立刻，他们的头发被烧弯了，脸也被烧伤了，他们因为疼痛哭喊着从房子里跑了出来。但是，当他们跑到屋子外面时，发现什么也看不见了，因为火烧瞎了他们的眼睛。因此，他们在黑暗中磕磕绊绊地走着，大声哭喊着请求帮助。但是，没人来帮他们。

母亲回到家后，尝试了各种能想到的疗法给他们恢复视力，但是所有的药都没有用。她说："你们要永远当瞎子了。那是对你们不听话的惩罚。"

这样，孩子们在黑暗中生活了很长时间。他们不再任性，也开始遵守规矩了。虽然看不见，但是他们给母亲制造的麻烦比以前少多了，因为现在他们开始听她的话了。

一天，当他们的母亲去森林中一处很远的地方打猎时，一位老妇人来到他们家，向孩子们乞求食物。她刚坐在门前，孩子们就给她端来好吃的食物。她吃完后说："你们都

瞎了，但是我能帮助你们，因为我从小人国来。我不能给你们四只眼睛。但是，我可以给你们两个人一只眼睛。你们可以在不同的时间轮流使用，这比什么都看不到要好很多。但是，你们要小心地使用它，不要让它掉到地上。"说完，她从口袋中拿出一只眼睛送给他们，然后就消失了。于是，两个孩子轮流用一只眼睛，当眼睛在男孩身上，女孩想看东西的时候，她就说："请把眼睛给我。"然后，她弟弟就小心翼翼地把眼睛递给她。他们的母亲回家，发现孩子们可以看见东西了，非常高兴。

一天，当母亲又一次出门的时候，男孩带着眼睛，拿着弓和箭走进了大森林。没走多远，他就看到一只肥肥的小鹿，男孩把鹿杀了。但是，那鹿太重了，他一个人没法拿回家。于是他说："我要回家叫我姐姐，我们要把鹿肉切开装在篮子里，一起把它抬回家。"他回到了家，把打到鹿的好消息告诉了姐姐，带着她来到了放鹿的地方，他们开始切开鹿的身体，但是他们忘了带篮子或者袋子。他对姐姐说："你必须编一只篮子，这样我们就可以把肉抬回家。"

他姐姐说："我看不见，怎么能编篮子呢？如果要我编篮子，我就得有眼睛。"男孩把眼睛递给她，她就用绿色的小树枝编了一只很大的篮子。

她刚一编完篮子，男孩就说："我必须切肉，把眼睛给我。"于是，她把眼睛递给他，他继续切肉，把肉放进篮子里。然后，他说："我们为什么不在这吃饭呢？我太饿了。"

他姐姐也说这是个好主意。他说："我收拾肉，你做饭。"

女孩点着了火，但是她担心火会把肉烧着，于是她说："我看不见就没法做饭，我需要眼睛。"这时候，她弟弟刚刚把肉放进篮子里，他把眼睛给她，她继续做饭。火苗很低，她说："我需要些干木柴。给我捡些干松树枝。"

男孩在森林里四处寻找木柴，但是，没走多远，他就绊倒在一根原木上，摔倒在地。他生气地对姐姐喊："你总想一个人独占眼睛。我看不见，怎么能捡干松树枝？赶紧把眼睛给我。"

他姐姐立刻跑过去，扶起他，把眼睛递给他。她摸索着走回篝火旁，但是，当她走近的时候，她闻到了肉燃烧的味道。她喊道："那肉着火了，我们的食物马上就要被毁了。赶紧把眼睛给我，让我看看这肉是不是烧着了。"

男孩站的地方有点远，他一生气，就把眼睛扔给她，说："过来找吧。如果你懒，不愿意过来拿，我也不会走过去把眼睛递给你。"眼睛掉在他俩之间的地上，谁也不知道那眼睛在哪儿。就在他俩在枯树叶中摸索着找眼睛的时候，一只在附近树枝上观察他们的啄木鸟突然俯冲下来，把那只眼睛狼吞虎咽地吃了下去，飞走了。

就在他们还在找眼睛的时候，那个送给他们眼睛的老妇人又朝他们走了过来。她一直藏在树林里，刚才她看到了啄木鸟拿着她的礼物飞走了。她问："我给你们的眼睛去哪儿了？"

"它从我头上掉了下来，"男孩说，"我在草丛里找不到它。"

　　"是的，"女孩说，"它是从他头上掉下来的，我们找不到它。"

　　"你们两个都对我撒谎，"老妇人说，"你们俩不听我的话，我要惩罚你们。"说完，她运用魔法，把男孩变成了一只鼹鼠，把女孩变成了一只蝙蝠，然后说道，"从现在开始你们只能像瞎子一样生活在大地上，只有对声音的感觉才能给你们指路。"从此，鼹鼠和蝙蝠就出现在了大地上。

灰羽毛巨人

很久以前，当黑脚印第安人居住在加拿大大平原上的时候，有一次出现了大饥荒。一连几个月，人们连一头水牛也抓不到，无论人们出什么价格，都买不到肉。由于食物匮乏，老人们一个接一个死了；由于缺乏营养，孩子们也早早夭折了，到处都充满了悲伤。只有强壮的妇女和武士们幸存下来，但是因为饥荒，他们也慢慢地变得虚弱了。最后，部落酋长祈祷伟大的印第安大酋长来到他的土地，告诉人们如何挽救自己。

那时，印第安大酋长远在南国，那里暖风习习，花儿盛开。但是一天晚上，他听到那个酋长用风声传给他的祷告，他立刻北上，因为他知道他的人民正在那些平原上遭受可怕的灾难。很快，他就来到了那个饥饿的部落所在的村庄。

"是谁叫我来这儿的？"他问。

"是我，"酋长回答说，"因为这片土地上没有水牛，我的人都饿死了，如果你不来，我们就全都饿死了。"然后，大酋长看了看他的人民，他注意到老人和小孩都消失了，只有几个大点的孩子幸存了下来，他们全都双颊塌陷，眼窝深凹。他可怜他们，说："在不远处，有一个非同寻常的小偷，他是一个邪恶的巨人，是他把所有的水牛赶走了。我要去找到他，很快，你们就有食物了。"所有的人都得到了安慰，因为他们知道大酋长会遵守诺言的。

然后，大酋长就带上酋长年轻的儿子和他一起去找水牛。人们想和他一起去，但是，他说："不！就我们两个人去。这次任务非常危险，死两个人，比所有的人都死要好很多。"于是，他们向西穿过大草原，朝着西方的大海出发了，就在他们出发的时候，年轻人向太阳、月亮和启明星祈求，希望它们保佑他俩取得成功。很快他们来到了甜美的草原和矮小的松树覆盖着的连绵的小山，但是他们仍然没发现水牛的迹象。最后他们来到了一条狭窄的小溪，小溪的岸上有一幢房子，炊烟正从烟囱里冒出来。

"我们麻烦的根源就在那儿，"大酋长说，"那幢房子里住着偷水牛的巨人和他的妻子。是他们把所有的水牛都从草原上赶走了，一头也没剩下。我的魔力是这么告诉我

灰羽毛巨人

79

的!"然后,他用魔法把同伴变成了一根有尖头的棍子,把自己变成了一条狗,他们躺在地上等着。

很快,巨人和他的妻子、孩子走了过来。小孩拍拍狗的头,说:"看,我找到的这条狗多好啊!他一定是迷路了。我可以把它带回家吗?"

父亲回答说:"不可以,我不喜欢他的样子。别摸他。"男孩哭得很伤心,因为很长时间以来他都希望有一条属于自己的狗,他母亲也苦苦替他求情,最后巨人父亲说:"哦,好吧。就按你的意思办吧,但是不会有好结果的。"

女人拿起棍子说:"我也要拿上这根笔直的棍子。我可以用它挖草药。"就这样,他们都来到了巨人的家,巨人生气地皱着眉头,女人拿着棍子,男孩领着狗。

次日清晨,巨人出门了,他很快就带回家一头肥硕的小水牛,小水牛的皮已经剥好了,就等着在火上烤了。巨人一家在火上的一个架子上烤水牛,饱餐了一顿。男孩拿了些肉给狗吃,但是他父亲看到他这么做时,使劲打了他一顿,说:"我没告诉过你狗是邪恶的家伙吗?你总是不听我的话。"但是那女人又替男孩求情。就这样,狗被喂饱了。

那天晚上,当整个世界都进入梦乡的时候,棍子和狗又变回人形,他们把巨人吃剩下的水牛肉当作晚餐,美美地吃了一顿。大酋长对青年说:"巨人就是偷水牛的贼,他把水牛从大草原上赶走了。杀了他根本没用,我们得找到

他藏水牛的地方。"于是他们又变成狗和棍子的形状，睡觉去了。

第二天早上，女人和儿子带着狗和棍子出发去大山附近的森林里采浆果、挖草药根。干了一段时间活以后，就到了中午，他们坐下来吃午饭。女人把棍子扔在地上，男孩也让狗在灌木丛中跑来跑去。狗闲逛着来到山的侧面，他发现了一个像山洞洞口一样的入口。他盯着那入口看了一会儿，发现里面有许多水牛，他立刻明白他找到巨人小偷藏赃物的地方了。

他回到女人和孩子旁边，大叫起来。这是他与同伴的暗号。那女人和孩子还以为他在对着鸟叫呢，他们嘲笑狗跳来跳去的样子，认为他那样很愚蠢。但是他其实是在叫他的同伴。棍子立刻明白了狗叫的含义，他趁男孩和他母亲不注意，在狗旁边的灌木丛中像蛇一样扭来扭去穿行。然后，他们进入了大山旁边的大山洞里，在那儿他们发现了一大群水牛——所有的水牛都是从大草原那边赶来的。狗继续朝水牛狂叫，并咬住它们的脚后跟，而那根棍子也使劲地抽打它们。他们很快把水牛从山洞中赶了出来，朝着东边的大平原出发了。但是他们仍然保持着狗和棍子的形态。

夜幕降临了，男孩和他母亲准备回家，男孩找狗，女人找棍子，可是他们怎么找也找不到，于是他们就空着手回家了。就在女人和孩子要回到河边的房子时，巨人小偷

81

也往家走了。他猛一抬头朝东看，发现远处有许多头水牛正朝那片长满香甜草地的小山跑去。他非常生气，对儿子大声喊道："你的狗呢？你的狗呢？"

"我把它丢在灌木丛里了，"男孩说，"他去追一只鸟，没有回来。"

"他追的那个不是鸟，"巨人说，"那是我的一头水牛。我告诉过你那条狗是个邪恶的家伙，不要碰他，但是你和你妈妈都一意孤行。现在，我的水牛全都跑光了。"他气得直咬牙，奔向那个隐蔽的山洞想看看有没有水牛剩下，他边跑边喊："如果我能找到那条狗，我就把他杀了。"当他到达山洞的时候，大酋长和青年仍然是狗和棍子的样子，正在圈赶最后一群水牛。巨人冲过去要杀狗，要弄断棍子，但是，他们跳上一头老水牛，藏在了他的长毛里，他们紧紧地贴着水牛，狗咬了水牛一口，老水牛就蹿起来、咆哮着冲出了山洞，它的背上藏着大酋长和青年。老水牛朝东一路狂奔，赶上了已经到达远处大草原的水牛群，而那巨人被远远地落在后面，只能干发火。然后，大酋长和那名勇敢的青年又变回他们原来的样子，兴高采烈地把水牛群赶给那些等在大平原上的饥饿的人。

人们看到大酋长和青年带着大群肥壮的水牛回到了村子，格外高兴，因为他们知道饥荒已经结束了。但是，当他们把动物赶进一个大的圈起来的牧场时，一只大灰鸟从水牛上方飞过，然后向水牛俯冲下来，用嘴啄水牛，想把

他们吓走。通过魔法，大酋长知道那只灰鸟不是别人，正是那个偷水牛的巨人小偷，他把自己变成了鸟飞过大草原来追他们。然后，大酋长把自己变成一只水獭躺在小溪边装死。那只大灰鸟向他飞来，还以为可以美美地吃上一顿肥水獭大餐呢。但是水獭却抓住了灰鸟的腿，然后大酋长变回原形，把灰鸟带回了营地。他把灰鸟紧紧地绑在他帐篷外面的烟囱口，然后在烟囱里烧了一把大火。巨人叫道："饶了我吧，饶了我吧，我再也不敢伤害你了。"但是，大酋长一整晚都把灰鸟放在帐篷外面的杆子上，当黑烟从火苗上升起来的时候，全都涌到了灰鸟的身上。

到了第二天早晨，灰鸟的羽毛全都变黑了。酋长把他放了下来，说道："你现在可以走了，但是你再也恢复不了原形。从此，你将成为一只渡鸦，是大地上一种代表厄运的鸟，一个亡命之徒，是所有鸟中的强盗，因为你偷东西，人们都鄙视你。从此你将不得不依靠偷盗为生，艰难地寻找食物。"直到现在，渡鸦的羽毛还是黑色的，因为在很久以前他遇到了大酋长，他也成了大地上给人们带来厄运征兆的鸟。

灰羽毛巨人

83

残酷的后妈

　　很久以前，当黑脚印第安人居住在加拿大大草原上的时候，一个穷苦的印第安人和他的一对儿女生活在一起，他们居住在大河的岸上。孩子们的母亲很久以前就死了，一直以来都是父亲照顾他们。父亲想，没有女人的照顾，对孩子们不好，于是他决定再娶一个妻子。因此，他走了很远，到一个遥远的小村庄娶了另一个部落的一个古怪的女人做妻子。

　　很快，他们在北方的生活变得更加艰辛，他们很难得到食物。一连很多天，这一家人都没有肉吃，只能找到草和浆果吃，他们总是感到很饿。而这个男人娶回的女人却是个非常邪恶的女巫，她能做许多邪恶的事。她根本不喜

欢这两个孩子，并且残忍地对待他们。因为家里没有食物，她总是责备他们，使劲打他们，边打边说："你们这两个贪吃的调皮鬼，你们总是吃很多。我们家没吃的也就没什么奇怪的了。"男人看到妻子残忍地对待孩子，虽然很难过，有时候也很生气，但是他从不干涉，他想女人应该管理这个家。

初春的一个晚上，当男人睡着的时候，他的前妻在他梦里出现了，说："在大森林里动物们经常走过的小路上张一张大网，这样你就能得到很多食物。但是要善待我的孩子们。他们残酷的后妈正计划着要杀死他们。"然后，她告诉了他那张神奇的蛛网在什么地方。于是，他走进幽深的森林，找到蛛网，把它挂在动物们经常出没的那条小路旁边的树上。那天晚上，他又来到蛛网那里，果然发现很多动物被蛛网粘住了，因为那蛛网有神奇的魔力。他杀了这些动物，把它们带回家，晚上他们美美地吃上了一顿烤鹿肉。每天，那张神奇的蛛网都能帮他抓来许许多多的兔子和鹿，就像那天晚上他那死去的妻子在梦中告诉他的那样，从那时起，他们就再也不缺少食物了。

男人成功地逮到很多猎物，这让他的巫婆妻子非常生气。现在，她没有理由抱怨这两个小孩了，她再也不能因为家里没有食物责备他们了。孩子们一天天强壮起来，这让她很气恼。于是，她决定尽快杀掉这两个孩子和他们的父亲。一天，孩子们的父亲打算第二天一早出去找木料，

残酷的后妈

好给他的弓做几支箭。她认为孩子的父亲出去的时候，就是她杀那两个孩子的最好时机。然后，当他们的父亲回来的时候，她也会把他杀掉。就这样，她安排好了自己的计划。但是，那天晚上，男人的前妻在男人刚一睡着，就又来给他托梦，说："你现在的妻子是一个女巫。她决定明天趁你不在家的时候，杀了两个孩子，当你回来的时候，也杀了你。现在没有时间了，你必须杀了她。记得照顾我的两个年幼的孩子。"

因为梦中的景象，第二天一早，当他醒来时，他提高了警惕。他再也不相信他的巫婆妻子了，他决定除掉她。但是，他担心她会伤害到孩子们，而自己又来不及制止。于是，当他的巫婆妻子去小溪边提水准备做早饭的时候，他给了孩子们一根棍子、一块白色的石头和一捆柔软的苔藓，说："你们现在非常危险，必须赶快离开这里，去别的地方，我会去找你们的。你们会发现我给你们的东西非常有用。如果有什么邪恶的东西在后面追赶你们，你们就把这三样东西扔过去，这三样东西会保护你们的。"

孩子们感到非常害怕，立刻跑进大森林里去了。然后，男人把那张神奇的蛛网挂在门上，安静地坐在房子里等妻子回来。不一会儿，她就提着一桶水回来了，但是她没有看到门上悬挂着的纤细的蛛丝。于是，她刚一走进屋，就被蛛网粘住了。她使劲挣扎想出来，但是她的头已经在屋子里了，而身体还在屋子外面，蛛网紧紧地卡住了她的脖

子。然后，男人说："现在，我已经知道了，你是一个残酷的女巫。你再也不能打我的孩子了。"说完，男人使出全身力气用石斧砍下了女巫的头颅。然后，他就从房子里出来，飞奔着去追孩子们。此时，孩子们正在不远的地方看着他呢。

但是，男人没有完全解决那个残酷的女人。就在男人从屋子里跑出来的时候，那女人没有头的身体挣脱了蛛网，在后面跟着他跑，而她那被砍下来的头，睁着眼睛、头发飞舞着，追赶着孩子们，那颗头颅有时候撞到地上，有时候飞到空中。父亲想，他最好别跟孩子们跑同一个方向，于是当孩子们朝西跑的时候，他就朝东跑。孩子们看到后面那个恐怖的人头正在慢慢赶上他们，感到非常害怕。这时，他们想起了父亲的魔法礼物。当那颗人头接近他们的时候，他们把棍子扔到他们身后的地上，立刻，在他们和追逐者之间的空地上出现了一大片茂密的森林。孩子们说："我们终于可以坐下来喘口气了。那颗邪恶的头颅无法穿过那片茂密的森林。"于是，他们坐在草地上，开始休息。

然而，很快，那颗追逐他们的头颅从茂密的森林中出来了。孩子们立刻站起来，拼命跑，那颗人头仍然紧紧地跟着他们，它生气地转着眼睛，咬着牙，发出恐怖的叫喊声。那头离孩子们越来越近了，这时，孩子们再次想起了父亲送给他们的魔法礼物。他们把那些白石头扔在他们身后，在他们和敌人之间立刻出现了一座高大的白色石头大

山。他们坐在地上休息，说："哦，天哪，我们应该做什么呢？我们只剩下了一件确保安全的法宝，这些小小的苔藓。"

那颗邪恶地头使劲地撞着白色大山，但是却撞不穿。一头大水牛正在大山附近吃草，那颗头把水牛叫过来，让他在大山中撞出一条路。公牛用尽全力冲向大山，但是大山太结实了，公牛撞破了头，倒在地上死了。一些鼹鼠正在大山附近松软的泥土里玩耍，那人头叫鼹鼠们挖出一条隧道，想钻过大山。于是，鼹鼠们仔细搜索，在岩石中央发现了一块松软的土地，他们打了一个洞，钻到了山的另一边。那颗可恶的人头沿着这条隧道穿过了大山。当孩子们看见追捕者从鼹鼠打的隧道中钻出来的时候，他们大声尖叫着，飞快地跑了。然后，那颗人头在追了很长一段路以后，就差不多在他们上方了，孩子们决定使用最后那件法宝。他们把潮湿的苔藓扔在身后，立刻，在苔藓着陆的地方出现了一片又长又黑的沼泽地，拦住了追捕者的去路。那颗人头正在地上磕磕碰碰快速前进，停不下来，一下子滚进了沼泽地，在松软的泥巴中消失了，再也看不见了。

然后，孩子们回家去等他们的父亲。因为他们刚才实在是跑得太远了，他们回家的路程也就变得非常漫长。但是，父亲一直也没有回来。孩子们一连等了几个月，父亲也没回家。慢慢地，他们长大成了伟大的魔法师，在部落中很有影响力。后来，通过魔法，他们知道父亲发生了什

兔子咬断了弓弦，放走了月亮人

《兔子与月亮人》插图

么事。就在父亲朝西跑的时候，后妈的身体一直追赶着父亲，一直追了很多天。父亲借助亡妻给他的法力，把自己变成了太阳，去和居住在天国的妻子团聚了。但是，那个邪恶的女巫也有法力，她把自己变成了月亮，跟着父亲来到了星星国。她仍在追逐他。然而他始终在她的前面，她抓不着他，这样，在整个世界经过白昼以后，才是黑夜。但是，如果她追上他，她就要杀了他，白天从此就会消失，夜晚就会统治大地。大平原上的黑脚印第安人总是祈求他跑在他巫婆妻子的前面，这样大地上的黑夜和白昼就交替存在了。

残酷的后妈

思想拯救的孩子

　　在加拿大的东边曾经住着一位可怜的寡妇。她丈夫在远离海岸线的海面上捕鱼的时候，遭遇暴风雨淹死了，现在，尚在幼年的儿子是她唯一的依靠。这孩子没有兄弟姐妹，和母亲相依为命，两个人关系很好。这孩子虽然年纪不大，身材也不魁梧，却非常强壮，他能像成年男人一样捕到鱼和猎物。每天他都把食物带回家，因此，他们从来都不缺少食物。

　　有一次，在这地方掌管风的大鹰没有找到足够的食物，他非常生气。他尖叫着、飞翔着寻找食物，但是却找不到。他说："如果人们不给我食物，我就要让他们再也得不到食物。当我非常饿时，我就要把这片土地上的孩子全都吃掉。

因为我的孩子们也需要营养。"他用巨大的羽翼扇起的大风把浪花抛向空中，把树枝折弯，把玉米压扁，一连很多天，他在大地上咆哮着，人们躲在屋子里，不敢出去寻找食物。

最后，男孩和母亲非常饥饿。男孩说："我必须去寻找食物了，我们家一点吃的也没了。我们不能再等了。我知道海边小溪岸上的芦苇丛中住着一只肥硕的小海狸。我要去杀了它，它的肉可以供我们吃上几天。"

母亲不想让他去冒险，因为那只大鹰还没走呢。但是，他对母亲说："当我不在的时候，你必须经常想我，我也想你，只要我们彼此挂念，我就会平安回来的。"于是，他带上长长的猎刀，前往海边小溪的芦苇丛找海狸去了。他不费吹灰之力就来到了那个地方，海狸正在呼呼大睡呢。男孩立刻杀死海狸，扛在肩上，准备回家。"我有肥美的猎物，"他自言自语地说，"我们可以吃很多天鲜美的烤海狸肉了。"

但是，就在男孩扛着猎物回家的途中，那只大鹰在很远的地方发现了他，毫无预兆地朝他俯冲下来。在他能用刀砍老鹰之前，大鹰就已紧紧地抓住他的肩膀，迅速飞到了高空中，那只海狸还在他身上。男孩想要把刀插进老鹰的胸膛，但是，老鹰的羽毛又厚又硬，他的力气不够大，没办法将刀插进老鹰的身体。他什么也做不了，只能为目前的糟糕处境做最好的打算。

"当然，我可以想到一个逃跑的办法，"他自言自语说道，

"我母亲的思想和我在一起，她能帮我逃脱。"

很快，这只老鹰回到了家。老鹰的家在一处俯视大海的高高的峭壁上，距离海滩有几百英尺高，海浪的声音可以传到这里，但是海浪却拍不到老鹰的家。老鹰的家里有许多只小鹰，全都叫着要吃食物。大鹰把男孩扔在巢的另一边，让他待在那儿。他说："我要先吃掉海狸，等吃完它以后，我们就要吃掉你。"然后，他把海狸咬成小块，喂给孩子们吃。

一连好几天，男孩都惊恐地躺在老鹰窝里，努力思考逃跑的办法。鸟儿高高地从他头上飞过，而就在远处的大海，他能看到有大船经过。但是，没人能帮他，他想他很快就要死了。

此刻，他母亲正坐在家中，等他回来，但是，一天又一天过去了，他还没有回家。她想儿子一定是遭遇危险了，或者，他已经死了。一天，就在她哭着想念失去的儿子时，一位老妇人走了过来。

"你为什么哭啊？"她问。

这位哭泣的妇人回答说："我儿子已经出去好几天了。他一定是受了伤。我们部落的人已经出去找他了，但是我担心，他再也不能活着回来了。"

老妇人说："你们部落的男人们不会为你多做善事的！你必须用自己的思想去帮助他，因为物质的东西都是虚无的。我能帮助你，山中的小人族人赋予了我巨大的力量。"于是，这女人想用她的思想和愿望把儿子带回家。

那天晚上，男孩看到老鹰和小鹰们把海狸的肉全都吃光了，一点肉渣也没剩下。他明白除非立刻救出自己，否则到了第二天早上，他就没命了。他知道，那只大鹰，会俯冲下来，用锋利的嘴和爪子把他杀死。但是，当男孩睡着的时候，他在梦中见到了母亲。母亲对他说："明天当大鹰从巢中起飞时，你背靠岩石坐着举起你的刀，让刀尖朝上。当他朝你俯冲下来，准备杀你时，他的胸部就会撞到刀尖上，他立刻就会被刺死。你的力量不足以穿透他的羽毛把他杀死，但是他强大的力量可以毁灭他自己。"

第二天早上，当大鹰出去时，男孩依照梦中的指示行事。他背靠岩石静静地坐着等待，他紧紧抓住猎刀，刀尖朝上。然后，他听到幼鹰们吵闹着要吃早饭。他知道时机成熟了。很快，大鹰听到孩子们的叫喊声就飞出巢穴准备俯冲下来杀死男孩。他大声叫喊着围着男孩盘旋，然后用尽全力向他俯冲过来，想用嘴和爪子杀死男孩。但是相反，他撞到了刀刃上。猎刀穿透他的胸腔，他尖叫着，滚落到巢里，死了。男孩杀死了那些幼鹰，他知道现在自己终于安全了。

但是，他不知道如何才能从老鹰的巢穴里下来，因为老鹰的巢穴从山崖上突出来，像架子一样伸向海滩，巢的后面是他无法攀爬的石壁。他没办法造梯子，他的叫喊声也没人能听到，因为海滩上的海浪发出持续不断的咆哮声。他想，自己只能等着饿死了，那天晚上他哭着睡着了。但

是，他在梦中又一次见到了母亲。她说："你真是个愚蠢的孩子。你为什么不用我送给你的思想呢？明天早上你把老鹰的皮剥下来，然后，你就爬到那张皮里。如果老鹰的宽大翅膀能够在空中支撑住老鹰，那么也一定能支撑住你。从悬崖上跳下来，你就可以安全地降落到海滩了。"

第二天，男孩按照梦的指示小心翼翼地剥下大鹰的皮。然后，他爬进皮里，把两只胳膊从皮里伸出来，伸到翅膀的上方，这样，他伸出来的胳膊就能够抓住下面的翅膀。然后，他准备降落。但当他从悬崖往下看时，他感到一阵眩晕，这让他很害怕。海滩上的人们看起来就像苍蝇一样，实在是太远了。但他没有忘记在梦中许下的诺言，于是他强迫自己从悬崖上跳下来，往下落。大鹰的两只翅膀使他缓缓地从空中落了下来，安全地降落到海滩上，毫发无伤。他从鹰皮里爬了出来，往家走。这段路实在是太远了，因为大鹰抓着他飞了很远，但是到了晚上，他还是回到了家里，见他回来，母亲特别高兴。

男孩开始自吹自擂，讲述自己的冒险经历，他讲了自己如何杀死老鹰，如何从悬崖上毫发无伤地降落到地面。他骄傲地讲着他的力量和智慧。但是那位从小人族之乡来的老妇人，那位山中仙女，仍然和他母亲在一起，说道："哦，自负的孩子，不要这么高估你自己。你的力量算不了什么，你的智慧也算不了什么。根本不是这些东西拯救了你，是我们思想的力量拯救了你。当其他方法都失败的时候，我们的思想坚持得最久。我已经告诉你物质的东西都是虚无的，任何物质都注定要化为尘土。只有我们的思想能够最终拯救我们，只有思想才是永恒的。"男孩倾听着，记住了小人族之乡的老妇人说的话，不再吹嘘自己的力量了。

思
想
拯
救
的
孩
子

鸣鸟与治病泉水

　　一次，一连几天下大雪，大地上一片白茫茫的，天空也因为冰霜变成了灰色，一个印第安村庄陷入极度悲恸之中。一场可怕的瘟疫悄悄地来到这儿，夺走了许多人的命，老人、青年无一幸免，无论体格虚弱还是体格强健，他们都在可怕的瘟疫面前毫无希望地倒下了。人们尝试各种办法要摆脱瘟疫，但是没人成功。他们祈求各路神灵的保佑，却没有得到神灵的眷顾。

　　在这个部落，有一个年轻的勇士，他的父母亲和兄弟姐妹都在这场可怕的疾病中丧生了。现在，他年轻的妻子也生病了，他非常悲伤，因为他想她很快也要和他的父母一样到阴暗之乡去了。因此，他陷入极度恐慌之中，不知

道最终的结果会怎么样。

一天，他在森林中遇到一位老妇人。"你为什么看起来这么悲伤啊?"她问他。

"因为我年轻的妻子很快就要死了，我很伤心，"他回答说，"瘟疫将夺走她，就像夺走其他人一样。"

但是，老妇人说："有一样东西可以救你妻子。远在东方住着一只会唱甜美歌曲的小鸟，它住在距离治愈泉水很近的地方。找到它，它就能告诉你治愈泉水在哪。"

年轻人说："我必须找到治愈泉水。无论它在什么地方，我都要找到它。"于是，他回家和朋友们道别，向东出发去找治愈泉水了。

第二天一整天，他都热切地寻找着治愈泉水，他总是热切地倾听，想找到会唱甜美歌曲的小鸟。但是，他什么也没有找到。森林中的雪更厚了，他艰难地向前行进。路上，他遇到了一只兔子，他说："请问治愈泉水在那儿?"但是，兔子匆忙地在雪地上跑开了，没有回答。然后，他问熊，也遭到了同样无礼的拒绝。就这样，他一连走了许多个日日夜夜，穿过小河，爬过陡峭的小山，但是都没有找到会唱甜美歌曲的小鸟。

一天，他走出了雪国，来到了一处温暖的地方，那里溪水"哗哗"地流着。突然，他遇到一具躺在地上的尸体。他停了下来，把尸体掩埋了，因为他觉得把尸体毫无遮挡地放在地上让鸟雀来啄食，实在是太不合适了。那天晚上，

在前进的途中，他遇到了一只狐狸。

"你好，"狐狸说，"这么晚了你在森林里找什么呢？"

他回答说："我在找一只会唱甜美歌曲的小鸟，它能告诉我去找治愈泉水的路。"

狐狸说："我是你昨天在森林小路上埋葬的那个人的灵魂，为了回报你对我做的好事，我要报答你。你总是对动物和小鸟很好，在没有必要的情况下，你从不杀它们。你总是照顾花朵和树木，保护它们使它们远离伤害。因此，它们现在都要帮助你，我要给你做向导。但是，你必须先休息，经过长时间的旅行，你实在是太累了。"

然后，年轻人躺下睡觉了，狐狸站在旁边保护他。他一入睡，就开始做梦了。在梦中，他看到妻子苍白、瘦削而又憔悴，就在注视着她的时候，他听到她在唱一首优美动听的曲子。然后，他听到瀑布在他旁边发出潺潺的水声，并说："来找我吧，勇士，当你找到我的时候，你的妻子就能活着了，因为我就是治愈泉水。"

第二天早上，狐狸领着他在森林里走了一小段路，他就听到有一只小鸟在一棵树的树枝上唱着优美动听的曲子，就像他昨天晚上在梦中听到的一样。他知道这只小鸟就是森林中的那位老妇人说的那只小鸟。就在他倾听小鸟歌唱的时候，他也听见了不远处的瀑布发出的潺潺水声。他过去寻找，但是却找不到。

狐狸说："你必须找到它，千万别泄气；除非你去寻

找，否则那泉水不会过来的。"因此，他又开始寻找，不一会儿，他听到一个声音从他脚下传了过来。

"放了我们，"它叫道，"释放我们，你的妻子和人民就得救了。"

他抓起一根尖尖的棍子，飞快地在他听到声音的地方挖起来。他挖得又热切又迅速，没挖多深，一股泉水就喷涌而出，它沸腾着，把治愈疾病的力量带到了大地上。年轻人知道他终于找到了治愈疾病的泉水。他跳进泉水，洗了个澡，顿时，疲劳都消失了，他又变得强壮了。

然后，年轻人用松软的泥土铸了一个大水罐，放在火上烘烤，直到它变硬。

"现在，"狐狸精灵说，"我要离开你了。你的善良得到了回报。你已经找到了治愈泉水，不再需要我了。"说完，狐狸就像他来时那样神秘地消失了。年轻人在土罐中装满了冒着泡的泉水，赶快回家，因为他的力量又恢复了，他像风一样穿过森林。

当他返回村庄时，看到人们仍然满脸悲伤，因为瘟疫仍然肆虐横行。他们告诉他，他年轻的妻子就要离开这个世界了。于是，他匆忙跑回家，撬开妻子炽热的双唇，把一些治愈泉水灌进了她的嘴里。然后，他用治愈泉水给她洗了手和额头，直到她沉沉睡去。他一直在旁边守着，直到她醒来。果然，当她醒来的时候，她又恢复了健康。年轻人用治愈泉水治好了全村人的病，残酷的瘟疫终于离开

他们了。

　　自此大地上就再也没有疾病了，他的部落再也没有流行过瘟疫。就这样，矿泉水，也就是治愈泉水，来到了大地上。无论在什么地方涌现，治愈泉水都能给当地人带来健康和幸福，而且它总是伴随着鸟儿的歌声出现。

战胜巨人的小男孩

　　在白种人来到加拿大以前，一个孤儿和他的叔叔生活在一起。他一点也不幸福，因为他必须拼命干活，那些对男人来说都有点重的重担经常落在男孩的肩上。父母死的时候，没有给他留下兄弟姐妹，因为家里没人照顾他，叔叔便把他带回了家。但是，叔叔对他非常残酷，总想摆脱他。无论男孩把工作做得多好，无论他捕到多少鱼和猎物，叔叔都不满足，总是为了一点小事粗暴地打他。男孩想跑，但是又不知道去哪儿，他害怕一个人在黑暗的森林里徘徊。于是，他决定尽可能地忍受叔叔的暴行。

　　碰巧在一个遥远的近海村庄里住着一位酋长，他的残酷广为人知。他脾气暴躁，人们都知道他已经因为莫须有

的罪名处死了许多人。除此以外，他还讨厌自吹自擂，他对任何无视他力量的人都缺乏耐心。他总是发誓说要让骄傲的人变得谦卑，让自大的人变得谦逊。男孩的叔叔听说了这个邪恶的统治者，心想："现在是我除掉这个男孩的时候了。我要对酋长撒个关于这个孩子的谎。"

碰巧就在这个时候，三个巨人来到了酋长的领土。没有人知道他们从什么地方来，但是他们居住在海边的一个巨大山洞里，他们破坏了大地上的许多物品，吃光了人们储备的大量粮食和他们的孩子。酋长用尽各种办法要除掉巨人，但他从没有成功过。每到夜晚，他都派最好的武士去海边的那个山洞寻找巨人，但是武士们没有一个回来的。一到第二天早上，酋长的门口就会出现一块画着武士画像的桦树皮，树皮上武士的心脏被箭刺穿了，这是在讲述那名武士的命运。巨人继续施行他们残酷的破坏行为，没有人能制止他们。

很快，整片大地陷入恐慌。酋长很想知道他应该怎么做。最后，他想："如果谁能杀了这些害人的巨人，我就把女儿嫁给他。"女儿是他唯一的孩子，她非常漂亮，他知道现在许多追求者想和她结婚，因此这项任务虽然非常危险，奖品却是非常值得的。那个住在遥远的小村庄的邪恶的叔叔也听说了这件事，他想："现在，我能除掉这孩子了，因为我要告诉酋长，这孩子能杀死巨人。"

于是，他把侄子带到酋长家，请求见上酋长一面。

"哦，酋长，"他说，"我有一个孩子，他几天前和我吹牛，说能帮你除掉那三个巨人"。

酋长说："把他带来见我。"

男人说："他就在这儿。"

酋长看到这么小的男孩，非常惊讶，说："你已经许诺说能杀死我土地上的三个巨人。现在我们倒要看看你是否能做到。如果你成功了，你就可以得到我女儿。如果你失败了，你就得死。如果你从巨人那儿逃跑，我就要亲自杀了你。我憎恨那些说空话吹牛的家伙，他们不能在我的土地上生活。"

男孩来到海边，坐在那里大声哭泣。他想，他死定了，因为他还很小，没办法杀死巨人。但是，就在他坐在那儿哭的时候，一位老妇人走了过来。她从大海的灰色薄雾中安静而迅速地走了过来。她说："你为什么哭啊？"

男孩说："我哭是因为我被迫去攻打山洞中的巨人，如果我不能杀死他们，我就死定了。"他比以前哭得更响了。那位老妇人是大海中善良的仙女，她说道："带上我要给你的这个包裹、这把刀和这三块小石子，当你今天晚上去巨人洞穴的时候，按照我教你的方法，你准会安然无恙的。"于是她给了他三块白色的小石子、一把小刀和一个像熊膀胱一样的袋子，她教他如何使用这些东西，然后她就消失在海面上的灰色雾气中了，男孩再也没有看见她。

男孩躺在沙滩上睡着了。当他醒来时，月亮已经出来了，借着月光，他能看见在沿着海岸线很远的岩石中有一

战胜巨人的小男孩

个洞口，他知道那就是巨人洞穴的入口。男孩拿着包、刀和三个小石头，提心吊胆、小心翼翼地朝洞口走去。当他接近洞口时，听见巨人们打鼾的声音，他们打鼾的声音比大海的咆哮声还要响亮，而且每个人的鼾声都不一样。这时，他想起了老妇人的命令。他把袋子绑在自己的衣服里面，这样袋子的口就离他的下巴很近了。然后，他从口袋中掏出一颗小石子。立刻，小石子变得非常大，非常重，男孩都要拿不动了。他用尽全力把石头扔向那个最大的巨人，石头正好打在他的头上。巨人坐起来，生气地瞪着眼睛，抓着额头。他踢了躺在他身边的弟弟一脚，生气地说："你为什么打我呀？"

"我没有打你。"弟弟说。

"当你睡着的时候，你打在了我的头上，"巨人说，"如果你再打我一下，我就杀了你。"说完，他们又继续睡觉了。

当男孩听见他们又开始响亮的打鼾时，他立刻从口袋里拿出第二颗小石子。立刻，小石子又变大了，男孩用力把它扔向最大的巨人。巨人又一次生气地瞪眼睛，抓额头。但是，这次，他没说话。他抓起放在他身边的斧子，一下子就把他的弟弟杀了。然后，他又继续睡觉了。当男孩听到他又开始打鼾时，他从口袋拿出第三块石头。立刻，石头变大变重，他用尽全力把石头扔向巨人。又一次，巨人坐了起来，眼睛睁得大大的，他使劲地揉着头上的肿块。

现在，他勃然大怒。

"我的弟弟们密谋要杀了我。"他喊叫着，抓起斧子，把他剩下的那个弟弟也杀死了。然后，他又睡觉去了，男孩悄悄地溜进山洞，先捡起那三块石头，他们又变得和以前一样小了。

第二天一早，巨人去小溪边提水，男孩藏在树林中，使劲地哭。没多久，巨人就发现了他，问道："你为什么哭啊？"

"我迷路了，"男孩说，"我父母走了，把我留下了。请让我来为你服务吧，因为我愿意为你这么友好、这么英俊的人工作，我能做许多事。"

男孩的话让巨人非常高兴，虽然他喜欢吃小孩，但他想："现在就我一个人了，我需要一个伙伴，因此，我要饶了这男孩的命，让他做我的仆人。"于是，他把男孩带回了山洞，说："在我回到家之前，你就给我做饭吧。给我做些美味的炖肉，因为我很快就饿了。"

当巨人去大森林时，男孩开始准备晚饭。他切了许多贮存的鹿肉，然后把肉放在一个比大桶还大的锅里，做了一锅美味的炖肉。巨人晚上回到家的时候非常饿，当他看到这满满一锅美味的食物时，非常高兴。他坐在锅的一边，男孩坐在另一边，他们开始把勺子伸进大锅里盛肉吃。男孩说："我们必须把肉吃完，这样我就可以把锅洗干净，明天早上就可以煮玉米粥了。"炖肉非常烫，巨人在吃盛出来

的肉时，先吹口气把肉吹凉。但是，男孩把肉直接倒进他衣服里面的袋子里，说："为什么像你这样的大人不能吃烫的食物呢？在我住的地方，人们从不把饭菜吹凉，而是直接吃下去。"巨人的视力不怎么好，山洞里又很阴暗，他看不清楚，根本没注意到男孩敏捷地把炖肉倒进了袋子里。他认为男孩把这些肉吃掉了。因为他比男孩大很多，男孩的嘲弄让他感到很羞愧，于是，他立刻狼吞虎咽地吃那锅刚做好的炖肉，把嗓子都烫伤了。但是，他太骄傲了，根本不愿意停下来，也不好意思抱怨。

当他们吃了半锅炖肉的时候，巨人说："我吃饱了。我想我们已经吃得够多了。"

"实际上，还没有，"男孩说，"你必须表示你喜欢我烧的肉。在我住的地方，人们吃的比这多多了。"于是，他继续吃。巨人不想让男孩胜过他，就低下头接着吃，直到他们把一整锅炖肉都吃完了，才停下来。男孩把他吃的炖肉都倒进了袋子里，当他们吃完的时候，他的身体变得非常巨大。巨人吃得太多了，也动不了了，他说："我吃得太多了，感觉很饱，肚子也很痛。"

男孩说："我自己也感觉不舒服，但是我有办法治肚子痛。"男孩边说边拿出一把小刀，轻轻地扎进肚子上的袋子侧面，他吃的食物慢慢地流了出来，没多久，他的肚子就恢复了正常大小。

巨人看到这景象，感到非常惊讶，但是男孩说："这是

我住的那个地方，人们吃多了以后经常做的事。"

"刀不会伤到人吗?"巨人问。

"不会，"男孩说，"刀会让我们的疼痛有所缓解。"

"我的嗓子很痛。"巨人说，因为他的嗓子被刚煮熟的炖肉烫坏了。

"你很快就会感觉好起来的，"男孩说，"如果你像我这样做。"

巨人很犹豫，不敢这么做，但是很快，他就感觉非常不舒服，也忍受不了了，而且，他又看到男孩感觉很好的样子。于是，他拿起那把长刀，猛地插入自己的肚子。

"用力扎进去，"男孩说，"否则对你不好。"巨人把整把刀都插进了自己的肚子，立刻倒在地上死了。

然后，男孩带着薄雾仙女送给他的石头、袋子和刀回去了，他把自己做的一切讲给酋长听。酋长差人去山洞看男孩说的话是否属实。当然了，去的人发现三个巨人倒在地上，他们回来后把看到的景象告诉酋长。酋长对男孩说："你可以娶我的女儿做妻子。"

但是男孩说："我不想要你的女儿，她又老又胖。我只想要些捕鱼和动物的网。"

因此，酋长送给男孩许多张好网，他去了一个遥远的地方捕猎，一个人快乐地生活着。他邪恶的叔叔再也没有看到过他。但是，那片土地因为男孩的英勇行为，再也没有遭到巨人的袭击。

青年与狗舞

很久以前，当印第安人居住在西北那片土地的时候，一个青年远离他出生的村庄去捕鸟，因为他的箭和帽子需要一些大而且颜色鲜艳的羽毛，而他们村居住的地方是只有小鸟筑巢的湖边，所以他不得不走进大森林的深处，那里有许多长有漂亮羽毛的大鸟。当他到达遥远的北方那片盛产羽毛的地方时，他在一座高山的山顶挖了一个坑。然后在坑上放了些木杆，木杆的上面又撒上了一些草叶和树叶，这样，这个坑就和周围的土地一样了。他在草地上放了些肉和玉米，然后把这些食物绑在杆子上，这样鸟就没办法把食物拿走了。然后，他爬进坑，等着鸟来，他可以从那里伸出手，抓住鸟的腿，把他们杀死。

整整一天过去了，一直到深夜，青年也没等到鸟。直到早上，他才听到远处有像敲鼓声一样的山鹑的鸣叫声。但他只听到了鸟的叫声却不见鸟到附近来。第二天晚上，青年在坑里等待观望的时候，听到了同样的声音，他说："我要看看那噪音是从什么地方来的，我得弄清事情的真相，因为那叫声根本不是山鹑的叫声，那叫声非常奇怪。"于是，他爬出坑，朝声音的方向走了过去。

他在森林里飞快地走着，在黎明时分，他来到了一个大湖边。那像敲鼓一样的鸣叫声就是从湖里传出来的，他站在那儿倾听着，但是声音突然停了下来。又到了晚上，青年听见敲鼓的声音比以前还要响亮。于是，他又来到了大湖边。声音非常清晰，就是从那湖里传来的，他仔细一看，原来数不清的鸟和动物都在月光下的湖泊中游来游去。他坐下来看着这些动物和鸟，请求他的神灵守护者告诉他敲鼓的声音是怎么回事。很快，一位老人走了过来。他年纪很大，背也驼了，满脸都是皱纹，但是他的目光非常友善。青年给了老人一些烟草，于是他们就在湖边坐了下来，吸着烟斗，借着微弱的月光看着那些游泳的动物们。

"你来这儿做什么？"老人问。

"我想知道那奇怪的敲鼓声是怎么回事。"青年说着。

"你最好自己去寻找，"老人说，"寻找所有事情的原因。只有这样，你才能变得伟大和聪慧。但是，要记住，有些事情的原因你永远也弄不清楚。"

"你从哪里来？"男孩问。

"哦，"老人说，"我曾经也像你一样居住在梦的想象王国里，实际上，我现在仍然住在那里，但是你的梦想是未来，而我的梦想是过去。但是，将来有一天你也会发生变化，你的想法也会和我的想法一样。"

"请您告诉我敲鼓声的原因。"男孩说。

老人说："拿上我给你的这根魔杖，在你睡觉之前摇晃它，也许你就能看到奇怪的事了。"然后他给了男孩一根魔杖，就消失在了大森林里，从此，男孩再也没有见到他。男孩按照老人告诉他的那样挥舞着魔杖，躺在沙地上睡着了。当他醒来的时候，他发现自己在一间大屋子里，在许多人的中央。他们中的一些人优雅地跳着舞蹈，一些人坐着说话。他们都穿着颜色各异的动物皮毛做成的华丽的袍子。男孩也希望能给自己的衣服和帽子弄到这样的羽毛。但是，就在他仔细看这些人的时候，他突然意识到他们正是这两天晚上他借着月光看到的那些动物和鸟。他们现在用神奇的魔法变成了人的模样。他们对青年很友好，非常有礼貌地对待他。

最后，舞蹈停了下来，谈话也停止了，那位看起来像酋长模样的人在屋子的一头站起来说："哦，年轻的陌生人，伟大的灵魂已经听到了你的祈祷，因为你魔杖的力量，我们这样显现在你面前。你在这里看到的生物全都是这个世界上的动物和鸟。我是狗，伟大的灵魂最喜欢的人。我

有魔力，我要把魔力给你，我将永远保护你，为你做哨兵。即使你残酷地对待我，我也不会背叛你，我永远都会对你好。但是，你必须把这种舞蹈带回家，把它教给你的人民。他们必须每年为这种舞蹈举行一次庆祝活动。"然后，他教给青年舞蹈的秘密。

当青年学会这种舞蹈的时候，酋长转身对他的同伴们说："我的朋友、兄弟，我已经教会了这个年轻的陌生人舞蹈的秘密。我也把我的魔力送给了他。你们为什么不同情一下这个来自大地的生物，给他一点你们也拥有的魔力呢？"

很长一段时间都没人说话，但是，最后猫头鹰站起来说："我也要帮助他。我有在黑夜中看得远的本领，我也有在夜晚打猎的本领。当他晚上出去的时候，我会和他在一起，他会在很远的地方看到我。我把这些羽毛送给他，他可以把这些羽毛插在头发里。"于是，猫头鹰给了他一束羽毛，青年把羽毛绑在头上。

然后，水牛走上前来，说："我也要帮助他。我要把我的耐力和力量送给他，我也要将我把敌人踩在脚下的力量给他。我要把这根晒成棕褐色的水牛皮的皮带送给他，当他去战斗的时候，可以系在腰上。"于是，他给了青年一根非常好的可以系在腰上的皮带。

动物们和鸟们，一个接着一个，都把他们感到自豪的力量献给了年轻人。豪猪给了他一些毛刺用以装饰皮带和

帽子，他说："我也要帮助你，当你战斗的时候，我就在你旁边。我可以使我的敌人变得像孩子一样软弱，因为他们害怕听到我的刺在箭头射出时发出的声音，只要我一接近，他们就逃跑。当你遇到敌人的时候，你总能战胜他们，因为我给了你力量。"

熊说："我要把我的坚强和力量送给你，我还要送给你一块皮，你可以用它做皮带和外衣。当你有危险的时候，我不会远离你。"

然后，鹿说："我要把我的敏捷和速度送给你，这样你就会健步如飞。当你追赶敌人的时候，你总会赶上他们，而且你也能从敌人那里逃脱，你总能在赛跑时超过他们。"

然后，鸟们开始说话了，丹顶鹤说："我要把翅膀上的一根骨头送给你，你可以把它制成一个战斗口哨吓跑敌人，或者当你需要人民帮助你的时候，你可以用口哨召集他们。另外，我把翅膀的羽毛送给你，用来做头饰。"

然后，大鹰说："哦，年轻人，无论你去哪，我都和你在一起，我要把我的力量送给你。你甚至能够像我一样从很远的地方看到敌人，如果你愿意，总能像我一样逃脱。"说完，他给了青年一大束上好的老鹰羽毛绑在他的头上，作为忠贞的象征。

最后，野猫说："我要把我在草丛里和灌木丛中悄悄爬行，突然出其不意地跳到敌人身上的力量送给你。我也要把我躲藏着不让敌人发现的力量送给你。"于是，野猫送给他一块皮装饰衣服，使其成为友谊的象征。

青年从所有的动物和鸟那里获得了力量和礼物。然后，他挥舞着魔杖睡着了。当他醒来的时候，他发现自己躺在湖边，东方黎明正在来临。但是，他比以前看得更远了，他能看到远方有蓝色的小山，炊烟从远处的村庄升起。他知道自己已经有了神奇的力量。但是，湖中一点声音也没有了，那奇怪的敲鼓声也消失了。

青年拿着魔杖和礼物出发回家了。他告诉人们发生的事，并教给他们跳舞的秘密，这种神奇的舞蹈能够让他们变得强壮，在战争中获胜。这在他的人民中成了一个重要的仪式，一直持续了很多年，被他们叫做狗舞。从那时起，动物和鸟就成了印第安人的朋友，印第安人也获得了他们的智慧、技能和力量。自从青年在湖边用魔杖得到那些奇怪的礼物之后，印第安人就用动物和鸟的皮、翎羽和羽毛装饰他们的衣服。在遥远的北国，为了感激动物们送给他们的礼物，印第安人每隔一段时间就举行仪式，跳狗舞，因为他们不会忘记很久以前许下的诺言。

会找雨的麻雀

　　很久以前，在海边的一个村庄里，住着许多印第安人。他们中间有一位非常好的老勇士，他从一出生就拥有非凡的力量，因此，他能做许多好事。没有什么事是他不知道的，因为他什么都知道。他妻子已经去世很长时间了，但是他有一个女儿。她美丽善良，像任何一个女人一样，她也近乎完美。她对轻浮的事情一点兴趣也没有，过着平静的日子，但是人们都很喜欢她，无论去哪里，她都受到欢迎。她的老父亲对女儿感到非常骄傲，他总是吹嘘说："她继承了我的智慧，将来有一天，她一定会嫁给一个伟大的人。"但是，女孩呢？却从没想过结婚或者男人的事，她说男人们全都思维狭隘，她宁愿一个人生活，也不愿意总是

114

听他们吹牛或者喋喋不休。

　　很快，女孩的美名传出了这个海边小村庄，传到了遥远的地方，许多追求者想和她结婚。但是，她父亲却说："我没什么可说的。她会自己选择的。她必须自己高兴才行。因为现在，要让孩子们自己满意才行，而不是要让他们的父母满意。"

　　而她则说："我只愿意嫁给能让我笑、让我感到有趣，且能陪伴我的人。我不喜欢那些迟钝的家伙。"

　　一天，一只潜水鸟来见她。虽然他有点高，瘦得皮包骨，但是他的相貌很好。他的脖子比一般人长，也比一般人瘦，他穿着美丽的衣裳，像渔夫一样有捕鱼的本领。他之所以来，是因为他认为自己很英俊，他相信自己的美丽外表一定能帮他赢得姑娘的爱。但是，她一点也不喜欢潜水鸟，因为他不会说话。当她对他说话时，他只能瞪着眼睛看，然后突然发出响亮而愚蠢的笑声。最后，女孩说："你像其他人一样，思维狭隘。"因为厌恶，她马上从他面前消失了。

　　然后狐狸来了，他想努力赢得女孩做他的妻子。整整一天，他都欢呼雀跃，一圈圈追着自己的尾巴，想取悦这个严肃的女孩。但是他没有成功，像潜水鸟一样，他失望地离开了。后来又来了许多人，可他们都遭到了同样的命运，最后，女孩决定再也不见他们了，只和父亲一起生活。村子里的年轻人都非常生气，因为女孩鄙视他们，他们经

常讨论女孩那骄傲的、目中无人的神态。

"她说我们'脑子坏了'。"一个人说。

"她经常说我们思维狭隘。"另一个说。

"她必须为这些侮辱性言辞付出代价。"第三个人说。

因为她终守独身的想法和决定，他们发誓决定要摧毁她的傲慢，让她陷入悲伤。

村子里有一个伟大的人叫旋风。他能使自己隐身，而且他也经常搞一些邪恶的恶作剧。因此，这些年轻人决定去找他，请求他帮忙杀一杀那傲慢女孩的傲气。就在他们跟他说这件事的时候，他们看见那女孩从不远的地方走了过来。于是，趁她不注意，旋风冲向女孩，把她撞倒在烂泥里，把帽子从她头上掀了下来，吹进了大海。男青年们全都旁观着，看着她的窘态，放声大笑，女孩羞耻难当。她回到家，把发生的事告诉了父亲，并给他看她沾满泥点的衣服和垂到面颊的褐色头发。她父亲很生气，说："旋风必须为此付出代价。我立刻就把他赶走。"

然后，她父亲去找酋长，控告旋风。酋长即刻命令旋风必须从村子里搬出去。他没有仔细考虑这个决定带来的后果。他匆忙行事，没有思考，因为他不想与这位智者意见不合。于是，旋风准备离开这里。旋风最好的朋友是雨。自从出生起，雨就没有眼睛，他是盲人，什么也看不见，经常是他想去哪旋风就带他去哪。因此，雨说："如果你打算离开村子，我也会离开，没有你，我不知道怎么生活。"

于是，他们两个一起出发了，一路上，旋风给上了年纪的雨领路。没有人知道他们去了哪里，因为他们没有把目的地告诉任何人。他们走了好几个月之后，人们才开始怀念他们。然后，所有的土地都感觉到了他们的离开，因为大地上没有风也没有雨。

最后，酋长召开会议，解除了驱逐旋风的命令。人们决定派信使去找那两个漫游的人，告诉他们所发生的事，并把他们带回来。首先，他们派狐狸去寻找。狐狸一连在大地上跑了几个星期，他尽可能快地穿过许多条路，穿过湖岸上的沼泽地，翻过长着高大树木的大山。他找遍了每一个山洞和缝隙，但是没找到他们。最后，在经过没有结果的搜寻以后，他回到了家，惭愧地承认他的搜寻失败了。

然后，人们叫熊继续搜索。熊笨重地在地上走着，喘着粗气，他用强有力的臂膀掀翻一根根木头、一块块岩石，然后他又到幽深的山洞里搜寻。他问了许多人关于旋风和雨的消息，他问山上的废墟："旋风在哪儿?"山上的废墟回答说："我不知道。我已经几个月没有看到它了。"然后，他问经常看到旋风的红色冷杉树、松树和山杨树，但是他们都不知道旋风去哪了。因此，熊回到了家，说："我也没有找到旋风和雨的痕迹。"

狐狸和熊的失败，让酋长非常生气，但是那位智者说："在找东西这方面，野兽们是没有用的。我们试试鸟吧。往往野兽们做不到的事，鸟可以做到。"酋长同意了，因为大

地已经陷入极度危难之中。因为没有旋风，许多渔船只能静静地停在海岸附近的大海上，没办法航行。因为没有雨，井和小溪全都干涸了，草和花也全都枯死了。于是，他们召唤鸟来帮忙。

鹤在浅滩和芦苇丛中寻找着，把长长的脖子扎进很深的地方，乌鸦在小山上寻找着，翠鸟飞到大海上去寻找，但是他们全都回来说："我们也没找到旋风和雨。那两个游荡的家伙不在陆地上，也不在海上。"

然后，小麻雀开始寻找。在出发之前，他从胸部拔下一小撮绒毛，把它系在一根小棍子上，小棍子还没有一绺草大。麻雀用嘴叼着棍子，飞走了。一连很多天，他都朝南飞行，他一边飞，一边观察着叼在嘴里的那根小棍子上挂着的绒毛的方向。但是，它一动不动地悬在那里。一天，在飞了很远以后，他发现绒毛稍微动了一下，他知道旋风就在不远的地方。他朝着风吹动绒毛的方向飞了过去。很快，他就看到下面有青草地、颜色各异的美丽的花、茂密的树林和发出潺潺水声的奔腾着的小溪。他自言自语说："终于找到游荡者了。"

他沿着一条小溪飞了很远，直到它消失在小山中的一个洞口处。山洞的前面，盛开着许多花儿，小草又嫩又绿，那些高大的草缓缓地点着头。麻雀知道他要找的旋风和雨就在里面，他静悄悄地走进山洞。就在门旁边，一堆火慢慢地燃烧着，雨和旋风都躺着睡熟了。麻雀想用叫声把他

们吵醒，但是他们睡得太沉了。于是，他从火里取出一个
煤块，把他放在雨的背上，但是煤块发出"劈啪"声、"嘶
嘶"声，很快就熄灭了。他又拿了一个煤块，但是同样的
事情又发生了。然后，他又拿起第三块煤块，这次雨醒了。
他惊讶地听见山洞里来了一个陌生人，因为眼瞎，他看不
见到底是谁，于是他叫醒旋风保护他。

麻雀告诉他们北国陷入了巨大的灾难之中，他们的离
开给那里的人带来了艰难的处境和悲伤，那里的人非常想
念他们，酋长也取消了命令，召集他们回去。旋风说："如
果人们这么需要我们，我们明天就回去。你可以回去告诉
人们说我们就要回来了。当你回到家以后，我们就到了。"

于是，对自己的成功感到非常骄傲的麻雀，准备飞回
家。经过几天的飞行，麻雀终于回到了家，他立刻去找自
己人，告诉他们这个好消息。因为明天雨就回来了，麻雀
人全都聚集在一起，举行了一个盛大的宴会，他们"唧唧
喳喳"地叫着，跳着舞，兴奋地发出巨大的聒噪声。然后，
麻雀出发去找酋长，说："哦，酋长，我找到了雨和旋风，
他们明天就来这里。"他把自己飞到南方找到雨和旋风的故
事讲给酋长听。酋长说："因为你的成功，我们再也不会把
你们当作猎物杀死或者把你们当食物了。"

第二天早上，两个旅行者经过长途跋涉回到了这片土
地上。旋风先来，尘土形成的巨大黑云预示着他的到来，
大海高高地冲向岩石，树木也尖叫着，使劲地摇着头，所

119

有人都因他的归来而兴奋。因为眼睛的问题，当旋风刮过以后，雨才到来。一连几天，雨都和人们待在一起，花儿也开了，草也绿了，水井和小溪也不再干涸了。从那以后，雨和旋风就再也没有长时间地离开大西洋的海岸。直到现在，麻雀人都知道雨什么时候来，为了传达雨的信号，他们全都聚集在一起，"唧唧喳喳"地跳跃着，发出巨大的噪声，就像他们的祖先在很久以前利用绒毛找到雨的时候一样。印第安人遵守酋长的诺言，不再把麻雀当作猎物，也不把他们杀了当作食物或者索要他们的羽毛。因为他们记得在所有的鸟类中，是麻雀在很久以前帮他们成功地找到了雨。

骨架给男孩指点迷津
《阴影之乡的男孩》插图

阴影之乡的男孩

　　从前有两个孤儿，一个男孩和一个女孩，孤独地住在大山附近。他们的父母已经死了很长时间了。他们一个亲戚也没有，于是，两个孩子相依为命。男孩整天都出去打猎提供食物，女孩则持家做饭。他们深深地爱护着对方，当他们长大后，他们说："我们永远也不分离。我们要永远生活在一起。"

　　但是，有一年的初春，天气异常寒冷。大平原上仍然下着雪，河里的冰虽然开始慢慢地移动，但是寒冷的风仍然在吹，灰色的蒸汽仍然盘旋在大地上空。他们的食物很快就要吃完了，因为动物们都还躲在温暖的冬天的洞穴里，野鹅、野鸭还在遥远的南方。在这糟糕的天气里，小女孩

121

病了。为了给她找到有营养的食物，她哥哥拼命地干活。他找来所有他认为可以缓解妹妹疼痛的草药根，但是这一切都没有用。虽然他尽了全力，但是，一天晚上，在星光出现的时候，他的妹妹还是去世了，留下他一个人在世上。

妹妹的死让男孩悲伤得心都要碎了。当春天就要结束的时候，天气变得更加暖和了，食物也充足了，他说："她一定在西边的某个地方，因为人们说我们的人不会真正死去。我要去找她，也许我能找到她，把她带回家。"于是，一天早上，他出发了，开始了他离奇的搜寻之旅。

他朝西边大海的方向走了很多天，一路上，他捕杀猎物作食物，晚上在星光下入眠。他遇到了许多陌生人，但是他没有把旅行的目的告诉他们。最后，他来到海岸上，坐下来，朝西方观望，想知道接下来应该怎么做。

晚上，一位老人走了过来。"你在这儿做什么呀？"老人问。

"我在找我妹妹，"男孩说，"前一段时间，她病死了。没有她，我感到很孤独，我想找到她，把她带回来。"

老人说："不久前，你找的那个人从这条路上经过。如果你想找到她，你就得经历一次危险的旅行。"

男孩回答他说愿意冒任何危险去找妹妹，于是老人说："我来帮助你。你的妹妹去了远在寂静国的那个叫做阴影之乡的地方，寂静国远在幸福岛。要去幸福岛，你必须向西航行，但是我要警告你，这趟旅行非常危险，因为横渡大

捕获时间之父——美洲经典童话

海非常艰难，你的小船将被暴风雨掀翻，你必须准备好面对麻烦。在那片土地上，没有人感到饥饿或者疲劳；那里没有死亡也没有悲伤；那里没有眼泪，也没有人会变老。"

然后，老人给了男孩一个大烟斗和一些烟草，说："这些东西会在你需要的时候帮助你。"然后，他把男孩带到一艘停泊在海滩上的干燥的小独木舟那里。那条独木舟做得非常好，是男孩见过的最漂亮的独木舟。它是用一块白色石头做出来的，在火红的黄昏，独木舟像抛光的宝石一样闪闪放光。"你要小心使用它，当你回来的时候，你还要把它放在它原来的这个小海湾。"

男孩很快就出发了。一轮圆月挂在空中，星光让夜晚显得越发寒冷。男孩朝西航行在波涛汹涌的大海上，一点危险也没有，因为他的独木舟可以毫不费力地行驶在大海上。在周围，他可以看到月光下许许多多和他的独木舟一样纯白且闪着光的独木舟朝着同样的方向前进。但是，这些独木舟好像没人驾驶，他看了这些独木舟很长时间，却连一个人影也没见到。他想知道这些独木舟是否是随波逐流，因为当他朝这些独木舟喊话的时候，没有人回答。有时，一只独木舟在大海的汹涌浪花中翻倒了，海浪从它上面跃起，那独木舟就再也没浮起来，但男孩总是能听到痛苦的呼喊声。他朝西行驶了好几天，总能在不远的地方看到其他的独木舟，而且总有一些独木舟消失在汹涌的海浪下，但是小舟上都没有人。

　　最后，经过长途旅行之后，大海变得平静起来了，空气也变得甜蜜温暖了。暴风雨的迹象也消失了，大海上的浪花非常平静，天空像水晶般清澈。他明白他就要到达老人说的那个叫做幸福岛的地方了。幸福岛清晰地呈现在他眼前的海面上，岛上长满了绿色的草和树，小岛上还有雪白的海滩。他很快上了岸，绑好独木舟。就在要转身走开的时候，他发现沙滩上躺着一具白色骨架。他停下来看它，骨架也像他那样坐了起来，惊讶地说："你不应该来这儿。你来这里做什么呢？"男孩说："我来找我妹妹。还在初春的时候，她生病了，去世了，我来寂静国的阴影之乡找她。"

　　"你必须到很远的内陆去，"骨架说："对于像你这样的人来说，旅途十分艰辛。"

　　男孩请求骨架给他指引。骨架说："给我吸点烟，我就帮助你。"

　　男孩把老人给他的烟斗和烟草给了他。当他看到这个奇怪的伙伴用牙齿叼着烟斗时不禁笑了起来。骨架吸了一会儿烟，最后当烟从烟斗上升起的时候，变成了一群白色的小鸟，像鸽子一样飞走了。男孩惊讶地望着这一幕，骨架说："这些鸟会引导你去的。跟上它们。"然后他把烟斗还给男孩，又平躺在沙滩上睡着了，无论男孩怎么叫也叫不醒。

124　　男孩按照骨架的话，跟着这些白色的小鸟走。一路上，

捕获时间之父——美洲经典童话

他穿过一片美丽的土地，那里花儿盛开，数不清的小鸟在歌唱。但是，他一个人也没有遇到。这个地方被遗弃了，只剩下了会唱歌的小鸟和花朵。他穿过寂静国，来到了一个神秘的地方，那里也没有人居住。虽然看不见人，但是他听到了许多人的说话声，他弄不清楚这些声音是从什么地方传来的。这些声音好像就在他的周围。最后，小鸟们在一个大花园的入口处停了下来，在他头顶盘旋着。它们不能再往前走了，而是落在了附近的一棵树上，只有一只小鸟停留在男孩的肩上。男孩知道他终于来到了阴影之乡。

当男孩走进花园的时候，他又听到了许多低沉的说话声，却一个人也看不见。他只在草地上看到了许多人的影子，却看不到那些影子来自哪里。他对这一奇怪而又不寻常的景象感到非常惊讶，因为在他的家乡，一天中的这个时候阳光不会产生影子。他又一次听着这些说话声，知道他们在谈话。他在这个地方游荡了一段时间，对这个地方的奇异的美丽感到非常惊奇。最后，他听到了妹妹的说话声。她的声音柔和甜美，就像他们一起生活在大地上的时候一样，自从她离开他以后，她的声音就没有发生任何变化。

他朝传出声音的那个影子走了过去，说："我已经找你很久了，妹妹，我要把你带回家。让我看看你是不是和我们以前生活在一起的时候一样。"

但是妹妹说："你很聪明地把我留在了你的记忆里，并

125

且来找我。但是我们除了以影子的形式出现以外，不能以其他形式出现在人类面前。我没法和你回去，现在实在是太晚了。我已经吃下了这片土地上的食物。如果你在我吃这里的食物以前来的话，也许能把我带走。我的心和我的声音没有变，我仍然记得那些我爱的人，我也以同样没有改变的爱注视着我以前的家。虽然我不能和你一起回去，但你某一天也会来这里找我的。不过首先，你必须完成你在世上的工作。回到你在世上的那个家吧。你会成为你的人民的伟大酋长。记得用智慧、公平和正义统治你的人民，当穷苦的印第安人的食物没有你多时，把你的食物分给他们。当你在世上的工作结束以后，你再来寂静国的这个叫做阴影之乡的地方来找我吧，那时候，我们又可以在一起了。我们的青春、力量和美貌永远不会离开我们。"

男孩对此感到深深的疑惑，他非常悲伤地说："我现在就想和你待在一起。"

但是他妹妹说："那不可能。"然后她说："我要给你一个影子，你必须把它当作你的守护神。当你有影子的时候，你不会遭遇到任何伤害，因为它只在有光的时候出现，所以哪里有光，哪里就不会有邪恶的事情发生。但是，当影子消失的时候，你必须担当自己的守卫，以免做出邪恶的事情，因为当黑暗降临的时候，黑暗会诱使你做不义的事。"

男孩与妹妹话别，他们聊了很长时间，然后男孩带着影子出发回家了。那些在树上等他回来的白色小鸟又把他带回了海滩。他的独木舟还在那里，但是那个骨架人却不见了，没有在沙滩上留下一点痕迹，男孩找不到他。幸福岛上除了鸟的鸣叫声和小溪的潺潺水声以外，一片寂静。男孩登上小舟，朝东航行。就在他把小舟从海滩推向大海的时候，那些白色的小鸟离开了他，消失在了空中。大海上一片寂静，没有暴风雨，他很快就到达了大海的另一边，按照老人说的话，男孩把小舟放回原来的那个小海湾，几天以后，他与从寂静国带回的影子一起回到了家。

　　他努力工作了很多年，没做任何坏事，最后，他成了一名伟大的酋长，为他的人民做了很多好事。他按照妹妹的要求，用智慧、公平和正义统治部落。后来，有一天，当他上了年纪，所有的工作都做完以后，他就消失了，他的人民知道他去了远在西方的寂静国的阴影之乡和妹妹团聚了。但是，他把妹妹送给他的影子留了下来。当有光的时候，印第安人仍然拥有他们的影子，没有什么东西可以伤害他们，因为有光的地方，就没有邪恶。

　　但是，一到了深秋，那对生活在寂静国的印第安兄妹就会因为回忆起以前的生活而感到孤独。他们想念那些活着的朋友们和他们曾经生活过的地方，他们希望再去打猎，因为在这个季节，猎人的月亮仍然在天空闪闪放光。当他们的记忆停留在以前的生活时，他们的灵魂就被允许暂时离开阴影之乡回到大地。然后，风儿不吹了，白天也非常

阴影之乡的男孩

寂静，篝火上面的烟也像雾一样悬浮在空中。人们把这个季节叫做印第安夏季，但它确实是已经逝去的夏季的影子。它总是让印第安人想起，在遥远的寂静国的那个叫做阴影之乡的地方，没有死亡。

美国童话

拥有熊的女孩

　　妈妈去商业街的店铺买东西了。出发前，她让诺拉照看简·格拉迪丝，诺拉也许下了诺言。但是，那天下午是诺拉打磨银器的时间，因此她一个人待在工作室，把简·格拉迪丝一个人留在楼上的起居室里玩耍。

　　那小女孩一点也不介意一个人待着，因为她正在做她的第一件刺绣作品——一个沙发靠垫，这是她给爸爸的生日礼物。于是她悄悄地爬进飘窗，蜷缩在宽阔的窗台上，低着头做刺绣。

　　不一会儿，门轻轻地开了，然后又关上了。简·格拉迪丝以为是诺拉，因此没抬头看，一直等到绣完了勿忘我花上的最后两针，她才抬起头，却惊讶地发现一个陌生人

站在屋子里，那个陌生人正热切地注视着她。

他又矮又胖，好像因为刚刚爬过楼梯而气喘吁吁。他一只手里拿着一顶丝质工作帽，另一个胳膊肘下面夹着一本大书。他穿的黑色西装看起来又旧又破，他的头顶也秃了。

"对不起，"当孩子严肃而又惊讶地看着他时，他说，"你是简·格拉迪丝·布朗吗？"

"是的，先生，"她回答。

"很好，这真的很好！"他说着，嘴上带着一种奇怪的微笑，"我找你很长时间了，我终于成功了。"

"你是怎么进来的？"简·格拉迪丝带着怀疑的语气问来访者。

"这是秘密。"他神秘地说着。

这足以使这女孩提高警惕。她看着这个男人，这个男人也看着他，他们都神色严肃，又夹杂着焦虑。

"你想要干什么？"她坐直身子，神色庄严地问道。

"啊！我们做笔生意怎么样，"男人爽快地说，"坦率地说，首先，你父亲以最没有教养的方式侮辱了我。"

简·格拉迪丝从窗台上跳了下来，用小小的手指指着门。

"马上离开这房间！"她叫道，她的声音因为气愤而颤抖着，"我爸爸是世界上最好的人。他从不侮辱人！"

"请让我解释一下，"来访者说，他对她让他离开的要

求根本不在意，"你父亲也许对你非常友好，因为你是他的小女儿。但是，当他在商业区的办公室的时候，他非常严肃，尤其是对待书籍代理商。现在我告诉你，有一天，我去拜访他，让他买《彼得·史密斯作品全集》，你知道他做了什么吗？"

她一声不吭。

"哎呀，"那个人继续说着，而且越发兴奋，"他命令我离开他的办公室，他叫看门人把我从大楼里拖了出来！你怎么看待这个'世界上最好的人'的做法，啊？"

"我想他做得完全正确。"简·格拉迪丝说。

"噢，你真的这么认为吗？"男人说，"我下定决心报复他对我的侮辱。因为你父亲高大、强壮又非常危险，所以，我决定报复他最小的女儿。"

简·格拉迪丝打了个冷战。

"你要做什么？"她问。

"我要把这本书送给你。"他一边回答，一边把书从胳膊肘下取出来。然后，他坐在一把椅子的边缘，把帽子放在地毯上，从马甲口袋里取出一支自来水笔。

"我要把你的名字写在这本书上，"他说，"你的名字是怎么拼写的，格拉迪丝？"

"G—l—a—d—y—s。"她回答说。

"谢谢。现在这是，"他继续说着，站起身，鞠了个躬把书递给她，"你父亲虐待我遭到的报应。也许他会很后悔

133

没有买《彼得·史密斯作品全集》这套书。再见，亲爱的孩子。"

他朝门口走去，又向她鞠了个躬，离开了房间，简·格拉迪丝能看到这个人在大笑，好像什么事让他感到很愉快。

当门在那个奇怪的小个子男人身后关上的时候，孩子又坐回了窗台上，打量着那本书。书的封面是红黄相间的，封面的中央用大字写着：《某些东西》。

然后她好奇地打开书，用黑色笔写成的她的名字出现在第一张白色扉页上。

"他是一个有趣的小个子男人。"她自言自语、若有所思地说。

她把书翻到下一页，看到了一张画着小丑的画。小丑穿着绿、红、黄三色相间的衣服，一张白白的脸，在脸颊上和眼睛的上方各有三个红点，呈三角形排列。当她看这幅画的时候，书在她手中颤抖了起来，书页发出"劈啪"、"吱嘎"的声音。突然小丑从书里跳了出来，站在了她旁边的地板上，立刻就变得像平常见到的小丑那么大了。

在伸完胳膊和腿，粗鲁地打过哈欠之后，小丑发出傻笑的声音，说道："这样好多了！你不知道长时间站在一张扁平的纸上，人的身体有多麻木。"

也许你能想象出简·格拉迪丝是多么惊讶、多么吃惊地瞪着从书本里跳出来的小丑。

"你不期望有这样的事，是吗?"他边说着，边以小丑的方式斜着眼睛看她。然后，他转了个身去参观房间，简·格拉迪丝虽然感到很吃惊，还是大笑了起来。

"是什么让你发笑?"小丑问。

"为什么你的后背全是白色的!"女孩大声说，"你只在正面是个小丑。"

"很可能是这样的，"他转回身，烦恼地说，"因为画家把我画在了书页上，他只画了我的正面，不想画我的背面。"

"但是，这使你看起来非常有趣!"简·格拉迪丝也一边说着，一边笑着，笑得眼泪都快流出来了。

小丑看起来很生气，他坐在一把椅子上，让她没法看到他的后背。

"我不是这本书中唯一的东西。"他生气地说。

这倒是提醒她翻看下一页，她刚看到第二页上画着一只猴子时，这页纸就立刻颤抖了几下，猴子也从书中跳了出来，坐在了她旁边的窗子上。

"嘻—嘻—嘻—嘻—嘻!"猴子喋喋不休地叫着，跳到了女孩的肩上，然后跳到了房间中央的桌子上，"这太有趣了! 现在我是一只真正的猴子了，不再只是一张猴子画了。"

"真正的猴子不会说话。"简·格拉迪丝非难道。

"你怎么知道的? 你心里就只有你自己吗?"猴子问，

拥有熊的女孩

135

然后，他笑得更响了，小丑也笑了，好像他很喜欢那句评论。

这次，女孩感到大惑不解。她不假思索地翻开另一页，在她看清楚这页以前，一头灰驴从书中跳了出来，被窗边的椅子绊倒在地，发出巨大的声音。

"你一定很笨，我敢肯定！"孩子愤怒地说，因为这只动物让她感到很心烦。

"笨，为什么不笨呢？"驴子生气地说，"如果那个愚蠢的画家画你的时候，也像画我一样不用透视法，我想你也会很笨的。"

"你怎么啦？"简·格拉迪丝问。

"我左边的前腿和后腿都不到六英寸，太短了，这就是问题所在！如果那个画家不知道如何画画，他为什么要画一头驴呢？"

"我不知道。"孩子回答，希望这就是驴子希望得到的答案。

"我几乎站不起来，"驴子抱怨说，"世界上最小的动物也能把我推翻。"

"别介意，"猴子一边说，一边跳上枝形吊灯，把尾巴挂在上面来回摇荡，简·格拉迪丝担心他会把所有的灯泡撞下来，"就是那个画家把我的耳朵画得像小丑的耳朵一样大，人人都知道猴子没有耳朵，更不用说画耳朵了。"

"应该检举他，"小丑沮丧地说，"我没有后背。"

简·格拉迪丝看看这个，又看看那个，甜美的脸上充满了迷惑的表情，她又把书翻到了下一页。

一只黄褐色的花斑豹像闪电一样越过她的肩膀，落在了一张大皮革扶手椅的后面，他正准备用凶猛的动作去攻击其他人。

猴子爬到了枝形吊灯的顶端，吓得牙齿直打战。驴子想跑，但是立刻翻倒在左边。小丑的脸吓得更加苍白了，但是他仍然坐在椅子上，因为惊吓，他吹了一声低沉的口哨。

豹子蹲在扶手椅的后面，把尾巴从一边甩到另一边，依次怒视着他们，包括简·格拉迪丝。

"你想最先攻击谁？"驴子一边问，一边设法站起来。

"我不能进攻你们中的任何一个，"豹子咆哮着说，"画家把我的嘴画成了闭着的样子，因此我没有牙齿，他也忘了给我画爪子。但是无论如何，我是一个看起来可怕的动物，不是吗？"

"噢，是的，"小丑漠不关心地说，"我想你的外貌看起来是够吓人的了。但是，如果你没有牙齿和爪子，我们也就不在意你的外貌了。"

这使豹子很恼火，他发出恐怖的咆哮声，因为连猴子也嘲笑他。

就在这时，书从女孩的大腿上滑了下来，就在她试图抓住这本书的时候，这本书的最后一页打开了。她瞥见了一只

137

凶猛的北美灰熊正在最后一页看着她，她吓得迅速把书扔下。书掉在了屋子中央，发出了巨大的声音，但是在书的旁边站着巨大的灰熊，他非常痛苦地赶在书合上之前挤了出来。

"现在，"豹子在扶手椅后面叫道，"你们最好小心点！你们不能像嘲笑我一样嘲笑他。这只熊可是有爪子和牙齿的。"

"确实，我有牙齿和爪子，"熊用低沉的声音咆哮着说，"而且我也知道如何使用它们。如果你读了那本书，你就会发现我被描述成一个恐怖的、残酷的、毫无同情心的北美灰熊，他一生中的唯一使命就是吃小女孩，包括鞋子、裙子、丝带等所有的东西！然后，作者说，我舔舔嘴唇，为我的邪恶行为感到非常骄傲。"

"太可怕了！"灰驴坐着，摇着头说，"你知道作者为什么让你这么想吃女孩吗？你也吃动物吗？"

"作者除了提到我吃小女孩之外，就没说其他东西。"熊回答说。

"很好，"小丑说着，长长出了一口气，"如果你愿意，你就先吃简·格拉迪丝吧。她嘲笑我没有后背。"

"她嘲笑我的腿不成比例。"驴叫着说。

"但是你也应该被吃掉，"豹子从皮革椅子后面尖叫着说，"因为你嘲笑我没有爪子和牙齿，拿我寻开心！灰熊先生，你不想在吃完女孩之后，也吃小丑、驴子和猴子吗？"

"也许吧，至于豹子可以商量，"熊低声咆哮着说，"那

取决于我有多饿。但是我必须先吃掉小女孩，因为作者说我喜欢吃女孩，胜过其他东西。"

听到这样的谈话，简·格拉迪丝害怕极了，她开始明白那个人说送给她书是为了报复是怎么一回事了。当然，爸爸会因为没买《彼得·史密斯作品全集》而后悔，当他回到家时，他会发现小女儿连同鞋子、裙子、丝带等所有的东西都被北美灰熊吃掉了！

熊站起来，设法用两条后腿保持平衡。

"我在书里看起来就是这个样子，"他说，"现在，看我吃掉这个小女孩。"

他慢慢地朝简·格拉迪丝走过来，而猴子、豹子、驴和小丑则站成一圈，饶有兴趣地看着熊。

就在北美灰熊走到她身边之前，孩子突然想出了一个主意，喊道："停下来！你不能吃我。那一定是写错了！"

"为什么？"熊惊讶地问。

"因为我拥有你。你是我的私人财产。"她回答说。

"我不明白那是怎么回事。"熊失望地说。

"为什么？那本书是送给我的，我的名字就写在扉页上。按照法律，你属于这本书。因此，你不能吃你的主人！"

北美灰熊犹豫了。

"你们当中谁会阅读？"他问。

"我会。"小丑回答说。

"那么，你看看她说的是不是事实。她的名字真的在书里面吗？"

小丑拿起书，看了看名字。

"是的，"他说，"简·格拉迪丝·布朗，用大字写得很清楚。"

熊叹了口气。

"那么，当然了，我不能吃她了，"他决定道，"那个作者像大多数作者一样让人失望。"

"但是，相比画家，他还不算糟。"驴子大声说着，仍然没法站直身体。

"错在你们自己，"简·格拉迪丝严肃地说，"你们为什么不待在书里原来的地方呢？"

动物们愚蠢地你看看我，我看看你，抹着白色化妆品的小丑的脸突然变红了。

"真的是这样啊——"熊开始说，然后他突然停了下来。

门铃突然大声响起来。

"是妈妈！"简·格拉迪丝跳着喊了起来，"她终于回家了。现在，你们这些愚蠢的家伙……"

但是，她被动物们打断了，动物们全都冲向那本书。立刻传来一阵"嗖嗖呼呼"声，书页也发出了"沙沙"声，过了一会儿，书又和其他的书一样回到了地板上，而简·格拉迪丝的那些奇怪的同伴们也全都消失了。

神奇的魔法糖

在波士顿住着一位聪明的老药剂师，他叫道斯博士，他懂得一点魔法。在波士顿这个地方还住着一位年轻的女士，名叫克拉丽贝尔·萨德斯，她很有钱，却没有智慧，但是她非常想上舞台表演。

于是克拉丽贝尔去找道斯博士，说："我既不会唱歌，也不会跳舞；既不会朗诵诗文也不会演奏钢琴；我既不是杂技演员，也不会跳跃，更不能把脚踢向高空；然而我却想走上舞台。我该怎么办呢？"

"你愿意为你的成就付钱吗？"聪明的药剂师问。

"当然愿意了。"克拉丽贝尔一边回答，一边把她的钱包弄得叮当作响。

"那你明天两点钟来找我吧。"他说。

整整一个晚上，他都在做神奇的魔药。第二天，当克拉丽贝尔·萨德斯两点钟来的时候，他给她看了一小盒子，里面装满了一种非常像法国糖果的东西。

"这是一个不断前进的时代，"老人说，"这种进步给我带来愉快的感觉，你的道斯叔叔与时俱进。守旧的男巫一定会做一些又苦又恶心的药丸让你吃，但是我顾及了你的口味和便利。这是一些魔法糖。如果你吃了这颗淡紫色的糖果，你就会跳出轻快优雅的舞蹈，好像已经练了一辈子一样。如果你吃了这颗粉红色的糖果，你就会像夜莺一样唱出美妙的歌声。吃了这颗白色的药片，你就会成为这片土地上最好的朗诵家。这颗巧克力色的糖果会让你对弹钢琴着迷，让你弹得比鲁宾斯坦都动听，当你吃了这颗柠檬黄色的糖果以后，你的脚可以很容易踢到头顶 6 英尺高的地方。"

"这太让人高兴了！"克拉丽贝尔大声说着，她非常兴奋，"您是最伟大的男巫，也是最体贴的药剂师。"她伸手去拿那个盒子。

"啊咳！"聪明人说，"请拿支票来。"

"哦，是的，当然了！把这个忘记了，我多愚蠢啊！"她回过神来。

当她在一张大额支票上签字的时候，他小心翼翼地把盒子拿在手里。在拿过支票以后，他才让她拿着那个盒子。

捕获时间之父——美洲经典童话

“你确定你做的这些药的魔力够强吗？”她急切地问，“我经常吃许多药才对我起作用。”

“我唯一担心的是，”道斯博士回答说，“我把药的药劲制得太强了。因为这是第一次有人要我做这些魔法糖。”

“别担心，”克拉丽贝尔说，“药劲越强，我就会表现得越好。”

说完这些，她就走了。但是，半路上她停在了一家纺织品店买东西。有了新的感兴趣的东西，她就忘了这个珍贵的盒子，把它落在了丝带柜台上。

过了一会儿，小贝西·博斯特威克来这个柜台买系头发的丝带，她把包裹放在了盒子旁边。当她离开时，把盒子和其他东西都收在了包裹里，匆匆忙忙回家了。

贝西根本不知道盒子的事。直到她把外衣挂在门厅的衣橱里，开始数包裹的时候，才发现多了一个。然后，她打开它，惊叫道：“哇，是一盒子糖果！一定是有人把它放在什么地方想不起来了。但是这是个小东西，也没什么需要担忧的，这里只有几颗糖。”于是她把小盒子里的糖全都倒进了一个放在门厅桌子上的糖果盘中。在检查买到的东西时，她拿起了那颗巧克力色的糖果，因为她非常喜欢巧克力，她就把它放进嘴里美美地吃着。

她买的东西并不多，因为贝西只有 12 岁，她父母对她还不够信任，不会给她很多钱让她去店里买许多东西。但是，当她试戴那根头发缎带的时候，她突然强烈地想去弹

143

钢琴。她的这个愿望是如此强烈，让她无法忍受，于是她来到客厅，打开了钢琴。

这个小女孩曾经费了很大力气才勉强学会了两首曲子，而且弹琴时，她的右手动作非常笨拙，左手总跟不上拍子，因此总是制造出不和谐的声音。但是，在巧克力色糖果的影响下，她坐了下来，手指轻快地在琴键上流动着，弹出了优美的和弦，她对自己的表现非常惊讶。

然而，这仅仅是开端。接下来，她演奏了贝多芬的第七奏鸣曲，演奏得非常华丽。

她母亲听到不寻常的曲子，赶忙跑到楼下看是哪位音乐家来访。当她看到是她的小女儿演奏得如此有天赋时，感到一阵心悸（她有心悸的毛病）。她坐在沙发上，等待心悸慢慢过去。

与此同时，贝西不知疲倦地弹奏着一首又一首曲子。此刻，她热爱音乐，她发现她唯一要做的事就是坐在钢琴边倾听自己弹奏的曲子，看着双手在琴键上轻快地移动。

房间里的光线慢慢地暗了下来，贝西的父亲回家了，他挂好帽子和外衣，把雨伞放在架子上。然后偷偷地往客厅看，想看清楚是谁在弹奏钢琴。

"天哪！"他大声叫道。但是贝西的母亲朝他走过来，轻轻地把手指放在嘴唇上，小声说："别打扰她，我们的孩子好像陷入了迷狂状态。你曾经听过这么美妙的音乐吗？"

"怎么了，她是一个天生的天才！"吃惊地父亲喘着气

说，"《盲人汤姆击败所有空心人》，她演奏得太棒了！"

就在他们站着听小女儿演奏钢琴时，参议员赴约来他们家吃晚饭。就在他脱掉外衣之前，那个耶鲁大学教授，一个学识渊博且有学术成就的人也来参加聚会。

贝西继续弹着，四个大人聚在一起，静静地但又非常吃惊地倾听着，等待着晚餐的锣声敲响。

此时，博斯特威克先生非常饿了，他拿起放在旁边桌子上的糖果盘，吃下了那颗粉红色的糖。教授在看着他，于是，博斯特威克先生非常礼貌地把糖果盘递给他。教授吃了那颗柠檬黄色的糖果，参议员伸手拿了那颗淡紫色的糖。然而，他没有立刻吃下糖，因为他碰巧想起来吃糖可能毁了他的晚宴，于是他把那颗糖放在马甲背心的口袋里。博斯特威克夫人正在专注地听天才女儿的演奏，没有注意到自己在做什么，她拿起那颗剩下的白色糖果，慢慢地吃了下去。

现在盘子空了，克拉丽贝尔·萨德斯的宝贵糖果就这样永远地离开了她！

博斯特威克先生是一个身材魁梧的人，突然他用尖锐的女高音震音开始歌唱。他唱的这首歌与贝西正在弹奏的曲子不同，这不和谐的声音让人心烦意乱，教授微笑着，参议员把手捂在耳朵上，博斯特威克夫人用受到惊吓的声音说："威廉！"

她丈夫继续唱着，好像努力要与著名的克里斯廷·尼

尔森比个高下，根本不在意妻子和客人的感受。

幸运的是，晚宴的锣声敲响了，博斯特威克夫人把贝西从钢琴那儿拖了过来，陪同客人们进了餐厅。博斯特威克先生跟在后面，唱着《夏日最后的玫瑰》，好像有一千个观众在热切地呼喊他、要求他演唱一样。

可怜的女人绝望地目睹着丈夫的不体面行为，想知道怎样才能制服他。教授看起来比平时更加严肃了，参议员的脸上也呈现出受到冒犯的表情，贝西继续移动着手指，好像她还想弹钢琴一样。

博斯特威克夫人请所有的人就座，虽然此时她丈夫已经开始唱另一首咏叹调了。客人们就座以后，女仆端上了汤。

当她把盛好汤的盘子递给教授的时候，他用非常兴奋的声音喊道："把它拿高点！高点！我说！"说着，他突然一跃而起踢了一下盘子，盘子差一点就被踢到了天花板，然后从空中落了下来，里面的汤洒在了贝西和女仆的身上，然后重重地落在教授的秃顶上，碎成了一片片。

看到这一令人震惊的行为，参议员惊叫着从椅子上站了起来，瞥了一眼女主人。

而这时，博斯特威克夫人已经茫然地凝视了前方一段时间，现在，在捕捉到参议员的眼神之后，她优雅地鞠了个躬，开始用有力的语调朗诵《轻骑旅进攻》。

参议员打了个冷战。他以前从未在体面的家庭见过或

146

者听过如此丢脸的骚乱。他感到自己的名誉正处在危险之中，很明显，他是这个房间里唯一神志正常的人，他没人可求助。

女仆早已歇斯底里地跑回厨房了；博斯特威克先生正在唱《啊，请你答应我》；教授正在努力地要把枝形吊灯上的灯泡踢下来；博斯特威克夫人已经换了朗诵词，在朗诵《少年站在燃烧的甲板上》了；贝西已经偷偷溜到客厅，开始在钢琴上用力地弹奏《飞翔的荷兰人》的前奏曲了。

此时，参议员不敢确定自己是否也会发疯，因此他在混乱中悄悄溜走了。他在门厅拿上帽子和外衣，就匆匆忙忙离开了这幢房子。

那天晚上，他熬夜到很晚，要写一篇次日下午在法纳尔大厅演讲的政治演说词，但是博斯特威克家的经历让他无法集中精神，他几乎理不出头绪，经常停下来摇摇头，因为他还记得在这个向来受人尊敬的家庭见到的奇怪景象，并对此深感惋惜。

第二天，他在街上遇到了博斯特威克先生，他冷漠地瞪了他一眼，好像把他忘了。他感到将来真的再也不能认识这位绅士了。博斯特威克先生自然对这一故意的冷落非常愤怒，然而，在他的记忆深处仍然残留着昨天晚宴上发生的一些异乎寻常的事，他不知道是否应该对参议员对自己的态度表示愤慨。

这天的主题是政治会议，在波士顿人人都知晓这位参

147

议员的口才。因此，大礼堂里挤满了人，博斯特威克一家坐在第一排，那位有学问的耶鲁教授坐在他们旁边。他们看起来都疲倦苍白，好像度过了一个非常疲惫的夜晚，参议员看到他们感到很紧张，再也不想往他们那个方向看第二眼了。

当市长介绍他时，这位伟人坐在椅子上感到焦躁不安。他碰巧把大拇指和食指伸进了马甲的口袋，碰到了昨天晚上放在里面的那颗淡紫色的糖。

"这也许能帮我清清喉咙。"参议员想，于是他把那颗糖放进了嘴里。

几分钟以后，他站在了一大群观众面前，他们热烈地喝彩欢迎他。

"朋友们，"参议员开始庄严地讲话，"这是一个最让人难忘、最重要的时刻。"

然后，他停了下来，把整个身体平衡在左脚上，用芭蕾舞演员非常青睐的方式把右腿笔直地踢向空中！

观众们立刻发出惊恐的嗡嗡声，但是参议员却没有注意到。他用双脚的脚尖飞快地旋转着，然后非常优雅地向右踢、再向左踢，这使得一位坐在前排的秃头男士大吃一惊，闷闷不乐地朝他看了一眼。

突然恰巧来听演讲的克拉丽贝尔·萨德斯发出了一声尖叫，然后跳了起来。她伸出手指谴责那个正在跳舞的参议员，大声喊道："就是那个人偷了我的糖果！抓住他！逮

捕他！别让他跑了！"

但是，领座员却认为她突然精神失常了，把她轰出了大厅。参议员的朋友们紧紧地抓住他，把他从舞台入口带到了大街上，塞进了一辆敞篷马车，让车夫把他送回家。

魔法糖的力量仍然十分强大，它控制着可怜的参议员。在整个回家的路上，参议员都站在马车的后座上跳得十分卖力。这让那些跟在马车后面的小孩子们非常高兴，但是对于那些头脑清醒的市民来说，他们感到十分悲伤，他们悲伤地摇着头，小声地说："又一个好人疯了。"

参议员花了好几个月的时间才从这次恶作剧造成的羞辱中恢复了名誉；然而，让人感到奇怪的是，他一点也不知道是什么诱使他产生了这么奇怪的举动。也许最后一颗糖被吃完了是件好事，因为这些糖果太容易制造大麻烦了。

当然了，克拉丽贝尔还会去找那位聪明的药剂师，再签下支票买另一盒魔法糖，但是她必须小心翼翼地管好这些糖，因为她现在已经是一位著名的歌舞杂耍演员了。

捕获时间之父

　　吉姆是牛仔的儿子，生活在亚利桑那州广阔的大草原上。经过父亲的训练，他已经学会用绳索准确地套到一匹野马或者是一头小公牛。一旦吉姆具有了支持这一技能的力量，他就会像亚利桑那州的任何一个人一样，成为一名优秀的牛仔。

　　12岁时，他第一次来到美国东部，因为父亲的弟弟查尔斯叔叔住在那儿。当然了，吉姆随身带着套索，因为他对自己投套索的本领非常骄傲，想给堂弟堂妹们展示一下牛仔的本领。

　　起初，城市里的孩子们很有兴趣观看吉姆用套索套住杆子和篱笆上的尖桩，但是他们很快就厌倦了，甚至就连

吉姆本人也认为这是一项不适合城市的体育运动。

但是，有一天，屠夫让吉姆骑着他的一匹马去郊外，那里曾经是一片牧场，吉姆热切地答应了。他想骑马已经有很长时间了，为了使这次骑马经历和过去的经历有点相像，他随身带上了套索。

他骑着马安静地穿过城市的街道，但是刚一到达宽阔的乡间公路，他的精神就开始沸腾了，他让屠夫的马全速前进，以真正牛仔的方式向前冲。

然后，他想要更多的自由，在越过大牧场的篱笆以后，吉姆开始在草地上狂奔，把套索扔向想象中的牛群，大喊大叫着让自己感到心满意足。

突然，吉姆用套索进行了一次远投，绳索似乎抓住了什么东西，停在了距离地面三英尺高的地方，绳子绷紧的那一刻，差一点把吉姆从马上拉下来。

这可是他始料未及的。不仅这样，这太让人感到不可思议了，因为整片大地都是光秃秃的，甚至连个树桩也没有。吉姆吃惊地瞪大了眼睛，但是当一个声音传出来时，他知道自己一定是抓住了什么东西。

"现在放开我！放开我，我说！你没看见自己做了什么吗？"

吉姆什么也没看见，除非他弄清楚了套索套住的是什么，否则，他不会松开的。于是，他用父亲教给他的一个古老方法，让屠夫的马围着套索套住的地方一圈一圈地

奔跑。

这样，他离猎物越来越近了，他看到绳子卷了起来，然而绳子看起来只是卷在了空气上，而套索的另一头紧紧地固定在马鞍上的一个铁环上。当绳子几乎全都卷起来的时候，马开始往外拉，同时也因为恐惧喷着鼻息。吉姆下了马，他一边用一只手抓着笼头上的缰绳，一边顺着绳子走了过来，片刻之后，他看到了一位老人被紧紧地缠在套索里。

老人秃头，没戴帽子，但是他长长的白色络腮胡子一直长到腰际。他身穿一件宽松的白色亚麻布袍子，一只手里拿着一把巨大的镰刀，另一个胳膊下面夹着一个沙漏。

就在吉姆好奇地注视着老人时，这位受人尊敬的老人生气地说："现在，快点把绳子松开！你愚蠢的行为已经让大地上的一切都停止了！唉，你为什么盯着我看？你不知道我是谁吗？"

"不知道。"吉姆愚蠢地说。

"哦，我是时间，时间之父！现在，快点放开我，如果你想让全世界都正常起来的话。"

"我怎么会抓到你呢？"吉姆问。他连一点松开俘虏的意思都没有。

"我不知道。我以前从没有被抓住过，"时间之父咆哮着说，"但是，我想也许是因为你愚蠢地拿着绳索毫无目标地乱投吧。"

北极熊之王全身长满了羽毛
《北极熊之王》插图

"我刚才没看见你。"吉姆说。

"你当然没看见我了。人类的眼睛无法看到我,除非他们距离我在 3 英尺之内,我总是小心地和人类保持更远的距离。这就是我穿过这片牧场的原因,我想这里应该没有人。要不是因为你那讨厌的套索,我会非常安全的。现在,啊,"他又生气地加上一句,"你还不把绳子解开?"

"我为什么要解开绳子?"吉姆问。

"因为你抓住我的那一刻,世界上的每一样东西都停下来不动了。我想你不愿意让所有的事务与欢乐、战争与爱情以及苦难与抱负等都停下来,是吧?自从你把我像木乃伊一样捆起来,所有的钟表都不再'嘀嗒'地往前走了!"

吉姆大笑着。看到绳子把这个老人一圈一圈地从膝盖缠到脸颊,实在是太有趣了。

"这样你可以好好休息一下,"男孩说,"从我听你说的话来判断,你的生活非常忙碌。"

"实际上我是很忙,"时间之父叹了口气回答,"现在,我应该在堪察加半岛。竟然是一个小男孩把我所有有规律的习惯都扰乱了!"

"太糟糕了!"吉姆咧着嘴笑着说,"但是由于整个世界都已经停下来了,多休息一会儿,也没什么关系。如果我放你走,时间又会飞快地过去。你的翅膀在哪儿?"

"我没有翅膀,"老人回答,"那是没见过我的人编造出来的故事。事实上,我行动起来也非常缓慢。"

"我明白了，你拥有时间，"男孩评论着说，"你用镰刀做什么？"

"把人割倒，"老人说，"每次我挥舞镰刀，就有人死去。"

"那么我把你捆了起来，就能得到拯救生命的奖章了，"吉姆说，"一些人会因此活得更长。"

"但是他们不会知道的，"时间之父悲哀地笑了笑说，"这样做，对他们也没什么好处。你不妨立刻给我松绑。"

"不，"吉姆神态坚决地说，"我不可能再抓到你，所以我要多抓你一会，看看没有你，世界会怎样变化。"

然后，他挥动绳子，把仍然捆着的老人放到屠夫的马背上，自己也坐上了马鞍。他一只手抓着囚犯，另一只手操纵着缰绳。

他来到马路上，看到了一个奇怪的场面。一匹马拉的轻便马车停在了道路的中央，马依然是小跑的动作，头高高地扬着，两条腿还悬在空中，没有落下来，但是马儿一动也不动。马车上坐着一男一女两个人，但是他们也被变成了石头，没有比他们更静止更僵硬的东西了。

"他们没有时间！"老人叹了口气说，"你现在还不打算释放我吗？"

"还不行。"男孩回答说。

他继续骑着马前进，来到了城市，所有人都保持着吉姆用套索套住时间之父时的那个姿势。吉姆把马停在了一个大型纺织品店的门前，牵着马走了进来。店员们正在给

他们前面的一排排顾客量布料、展示花样，但是好像每一个人都突然变成了雕像。

这一场景有种让人非常厌恶的东西，吉姆感到脊背发凉，他打了个冷战，匆匆忙忙跑了出来。

人行道边上坐着一个又穷又跛的乞丐，他正伸着帽子乞讨。在他旁边站着一位看起来非常富裕的绅士，他正准备把一分钱投到乞丐的帽子里。吉姆知道这位绅士非常富有，但是非常小气，于是他把手伸进绅士的口袋，拿出他的钱包，里面有一枚 20 美元的金币。他把这枚闪闪发光的金币放到绅士的手指间，然后把钱包放回了那个富人的口袋。

"当他活过来的时候，这一捐赠会让他大吃一惊的。"男孩想。

他又骑上了马，走在街道上。就在他经过朋友屠夫的店铺时，他看到在店铺外面挂了几块肉。

"我担心那些肉会坏掉。"他评论道。

"肉变坏需要时间。"老人回答说。

这让吉姆感到很奇怪，但这是事实。

"看起来时间和每一件事都有关联。"他说。

"是的，你让世界上最重要的人成了囚犯，"老人呻吟着说，"你还没有足够的认识去释放他。"

吉姆没有回答，他们很快来到吉姆的叔叔家，他又下了马。街道上到处都是人，但是所有的人都一动不动。他

的堂弟和堂妹刚刚走出大门准备去上学，他们的胳膊下面夹着书和写字板。因此，吉姆不得不从篱笆上跳过去，免得把他们撞倒。

他婶婶正坐在前厅读《圣经》。当时间停下来的时候，她正在翻页。他叔叔坐在饭厅，刚刚吃完午饭。他张着嘴，叉子就停在嘴前面，而目光落在他旁边折着的报纸上。吉姆自己拿来叔叔的馅饼，一边吃着，一边出去找他的囚犯。

"有一件事我不理解。"他说。

"什么事?"时间之父问。

"为什么我可以四处走动，而其他人全都像冻住了一样?"

"那是因为我是你的囚犯，"时间之父回答，"现在你拥有时间，你能做你想做的任何一件事。但是，你必须小心，否则你会因你做过的事而感到后悔的。"

吉姆把馅饼上面的皮扔给了悬在空中的小鸟，当时间停止的时候，小鸟正在飞行。

"无论如何，"他大笑着，"我比其他任何人都活得长。没有人再赶上我了。"

"每一条生命都有它注定的寿命，"老人说，"当你活完属于你的时间，我的镰刀就会把你割倒。"

"我都忘了你的镰刀了"吉姆沉思着说。

然后，一个搞恶作剧的想法突然进入他的脑子，因为他恰好想到可以玩得尽兴的大好机会以后再也不会有了。

于是，他把时间之父绑到了叔叔的拴马柱上，以免他逃脱，自己则穿过马路来到了转弯处的杂货店。

就在今天早上，杂货商斥责吉姆说他无意间撞翻了一篮子甘蓝。于是，男孩跑到杂货店的后面，打开了装满糖浆的大木桶的龙头。

"这一定会弄得一塌糊涂，当时间开始时，糖浆就会流得满地都是。"吉姆大笑着说。

沿着街道再往前走是一家理发店，吉姆看到所有的孩子都说的那个"全镇子最自私的人"坐在理发师的椅子上。当然了，他一点也不喜欢孩子们，孩子们当然知道这一点。当时间之父被俘获的时候，理发师正在给这个人用洗发水洗头。吉姆跑到那家兼卖杂货的药房，拿了一瓶胶水，然后回来把胶水都倒在了这个不受欢迎的公民的杂乱的头发上。

"当他醒来的时候，他也许会大吃一惊的。"吉姆想。

他的旁边就是校舍。吉姆走进去，发现里面只有几个小学生。但是老师坐在课桌旁边，像往常一样严肃地皱着眉。

吉姆拿起一支粉笔，在黑板上用大字写着："每名学生进入这间教室时，都要大声叫喊。也请他把所有的书都扔到老师的头上。署名，夏普教授。"

"那一定会激起一阵喧哗吧。"恶作剧制造者小声嘀咕着走开了。

157

在街道拐弯处，站着马利根警察，他正在和斯格雷普尔小姐说话呢。她是全镇子最爱搬弄是非的人，她总是说邻居的坏话。吉姆想这个机会太好了，不应该浪费。于是他摘下警察的帽子给斯格雷普尔小姐戴上，脱下警察的黄铜纽扣外衣给斯格雷普尔小姐穿上。同时，他心满意足地把斯格雷普尔小姐装有羽毛和缎带的帽子戴到了警察的头上。

这样一来，实在是太滑稽了，男孩大声笑着，因为就在街道转弯附近站着许多人，吉姆想，当时间继续前行时，斯格雷普尔小姐和马利根警官一定会制造轰动的。

然后，年轻的牛仔想起了他的囚犯，便走回拴马柱。当走到距离拴马柱三英尺时，他看到时间之父仍然站在套索的绳套里。然而，他看起来又生气又恼怒，他咆哮着说："唉，你打算什么时候释放我？"

"我正在想你那把丑陋的镰刀。"吉姆说。

"怎么样？"时间之父问。

"也许，如果我释放了你，你要做的第一件事就是报复我，朝我挥舞镰刀。"男孩回答。

时间之父严肃地看了他一眼，说："我了解男孩子已经有上千年的时间了，当然，我知道他们顽皮、鲁莽。但是，我喜欢男孩子，因为他们长大将成为男人，居住在我的世界。现在，如果是一个男人像你一样偶然抓到我，我会吓唬他，让他立刻释放我，但是我很难吓倒男孩儿们。我不

是在责备你。很久以前，当这个世界还崭新崭新时，我也曾经是个男孩儿。但是，可以肯定的是，到现在为止，你已经在我身上找到了足够多的乐趣，现在我希望你能表现出对老年人应有的尊重。释放我，作为回报，我许诺忘记一切关于我被捕的事。无论如何，这次事件不会对任何人造成伤害，因为没人记得就在刚才，时间停下了大约三个小时。"

"好吧，"吉姆高兴地说，"因为你许诺不用镰刀杀死我，我就释放你吧。"但是，他脑子里突然浮现出一个念头，当全镇的人恢复生命时，一些人一定会怀疑时间曾经停止过。

他小心地解开缠在老人身上的绳子，老人获得自由以后，立刻扛上镰刀，重新整理了一下白色长袍，向他点头告别。

然后，老人就消失了，在一阵沙沙声、隆隆声和咆哮声中，整个世界又恢复了活力，像以前那样慢慢前进着。

吉姆卷好套索，骑上了屠夫的马，沿着马路慢慢地骑着。

街道拐弯处传来了大声尖叫声，那里立刻聚集了一大群人。吉姆从马鞍上可以看到穿着警察制服的斯格雷普尔小姐，生气地挥舞着拳头砸向马利根的脸。与此同时，警官在人群的嘲笑声中扯下戴在自己头上的女士帽子，愤怒地在上面踩踏着。

就在他骑着马经过校舍时，他听到了响亮的异口同声

的喊叫声，知道夏普教授正在艰难地镇压由黑板上的签名引起的骚乱。

透过理发店的窗子，他看到那个"吝啬人"正发疯地拿着一把梳子痛打理发师，他的头发朝着不同的方向直直地挺立着，好像刺刀一样。那个杂货商跑出店门，喊道："着火了！"而他的鞋子在走过的地方留下了糖浆的痕迹。

吉姆心里非常高兴。当突然有人抓住他的腿，把他从马上拉下来的时候，他正陶醉于自己制造出来的令人兴奋的事件当中。

"你在这儿干啥呢，你这个淘气包？"屠夫怒道，"你不是答应我把这头动物送到普林普顿的牧场吗？怎么我现在发现你正骑着这匹可怜的老马像悠闲的绅士一样四处闲逛呢！"

"是这样啊，"吉姆惊讶地说，"我彻底忘了这匹马的事了！"

北极熊之王

　　北极熊之王居住在遥远北国的冰山上。他年事已高，体形肥硕巨大，富有智慧，对所有认识他的人都非常友好。他身上披着长长的、厚厚的、白色的毛，在午夜阳光的照耀下会像白银一样闪闪放光。他的爪子强壮有力、锋利无比，他可以安全地在光滑的冰面上行走、抓鱼和海豹这些他赖以为生的动物。

　　只要北极熊之王一走过来，海豹们就非常害怕，设法避开他；而那些白色和灰色的海鸥们却很喜欢他，因为他们吃北极熊之王剩下的食物。

　　他的臣民们，那些北极熊只要一生病或者有麻烦，都来向北极熊之王征求意见，但是他们都聪明地绕开他的领

地，唯恐干扰到北极熊之王的活动而使他发怒。

那些到过北方冰山的狼，悄悄传言说北极熊之王是魔法师，或者说他得到法力无边的仙人的眷顾。因为陆地上的生物根本伤害不了他，而他也从不为寻找食物担忧，这样日复一日，年复一年，北极熊之王长得越来越大，越来越壮。

但是，当这位北极的君王遇到人类的时候，却被人类的智慧击败了。

夏季中的一天，当他从冰山洞穴走出来时，他看到一条小船正在一条狭长的水域上前进。这块水域是因为夏季冰块移动造成的。小船上坐着人。

这只大熊从没有见过人这样的生物，他闻到了奇怪的味道，这味道激起了他的好奇心，他想知道这些人究竟是朋友还是敌人，是食物还是腐肉，因此他迎着小船走上前来。

当他走到水边时，一个人从船上站了起来，手里拿着一个奇怪的东西，发出"砰"的一声。然后，他就感到自己被击中了，大脑失去了意识，巨大的四肢摇晃着再也支撑不住身体，重重地摔倒在坚硬的冰面上。

这就是他在那一瞬间记得的所有事。

醒来时，他感到庞大身躯上的每一寸肌肤都刺痛难忍，因为人们割下了他那壮观的白色皮毛，把它带到了远处的一艘大轮船上。

他的朋友，成千上万只海鸥在他上方盘旋，想知道这位恩主是否真的死了，现在吃他是否合适。但是，当他们看到他抬起头、呻吟、颤抖时，知道他还活着，他们中的一个对其他同伴说："狼说得对。我们的北极熊之王是一位伟大的魔法师，因为即使是人类都无法杀死他。但是，他现在遭受没有皮毛覆盖之苦。我们回报他对我们的善意吧，我们每一个人都拔出尽可能多的羽毛给他。"

这一想法让海鸥们感到非常高兴。他们一个接一个地用嘴拔出翅膀下面最柔软的羽毛，然后向下飞，轻轻地把羽毛投在北极熊之王的身躯上。

然后他们齐声为他歌唱："勇气，朋友！我们的羽毛柔软又美丽，如同你那浓密的毛发。它们保护你使你远离寒风，它们给你带来温暖让你安然入睡。那么，振作起来，活下去！"

就这样，北极熊之王重新获得了勇气，忍受疼痛，活了下来，又变得强壮了。

羽毛在他身上就像在鸟儿身上一样生长，宛如他自己的毛发覆盖了身躯。大多数羽毛都是纯白色，只有少数灰色海鸥的羽毛给他庄严的外表增添了一丝杂色。

在那个夏季余下的日子和接下来黑夜中的六个月里，北极熊之王只在捕鱼和抓海豹的时候离开冰冷的大洞穴。他对自己的羽毛皮一点也不感到害羞，但这毕竟看起来有点奇怪，他避免遇到自己的同类。

北极熊之王

163

在隐居的这段时间内，他想了许多关于那些伤害他的人类的事，回忆起人类制造出巨大的"砰"的声音的方法。最后，他断定，最好远离这些凶猛的生物。这样，他又增长了智慧。

月亮离开天空时，太阳出现了，冰山上闪耀着华美的彩虹光晕。这时，两只北极熊来到他们首领的大洞穴征求他关于狩猎季节的意见。但是，当他们看到他庞大的身躯上布满了鸟的羽毛，而不是皮毛的时候，他们开始嘲笑他，其中一只说道："我们的大王已经变成了一只鸟！谁听说过长满羽毛的北极熊？"

北极熊之王生气极了。他步态庄严地走上前，发出低沉的吼叫声，然后伸出一只巨大无比的爪子，将那个嘲笑他的家伙一下子就打死在脚下。

而另外一只北极熊赶紧跑回同伴那里，把北极熊之王有奇怪外貌的消息带给了同伴。于是，所有的北极熊在一块宽阔的冰面上召开了一次大会，神态庄严地谈论着大王发生的这一明显变化。

"实际上，他已经不再是熊了，"一只北极熊说，"也不能说他是鸟。但是他一半是鸟，一半是熊，因此，他不再适合做我们的国王了。"

"那谁来代替他呢？"另一只北极熊问。

"谁能打败那只鸟熊谁就是真正的北极熊之王，"队伍里的一只上了年纪的北极熊说，"只有最强壮的熊才适合统

治我们。"

接下来，北极熊们沉默了一段时间。最后，一只大熊走上前，说："我要与他战斗。我，武夫，是我们种族中最强壮的！我将成为北极熊之王。"

其他人都赞成地点点头，他们派遣了一名信使去告诉北极熊之王，说他必须与伟大的武夫战斗，要么制服他，要么交出他的统治权。

"一只长着羽毛的熊，"信使添油加醋地说，"根本就不是熊，我们服从的国王必须和我们一模一样。"

"我披着羽毛是因为我愿意，"北极熊之王咆哮着说，"难道我不是伟大的魔法师？无论如何，我都要迎战，如果武夫制服了我，他将代替我成为北极熊之王。"

然后，他去拜访把死熊当作美味大餐的海鸥朋友们，告诉他们将要发生一场战斗。

"我要战胜他，"他骄傲地说着，"然而我的人民说得对，只有长得像他们那样的人才能希望他们顺从。"

海鸥女王说："昨天我遇到一只鹰，他刚刚从一座人类居住的大城市中逃脱出来。那只鹰告诉我他在一条街道上看到一辆马车，马车的后座铺着一张巨大无比的北极熊皮。那张皮一定是您的，国王。如果您愿意，我将派一百只海鸥去那座城市，把您的皮拿回来。"

"让他们去！"北极熊之王粗声说。很快，一百只海鸥迅速向南飞去了。

北极熊之王

他们像箭一样笔直向南飞行了三天，经过了房屋分散的小村落，来到了城市。接下来，他们就开始搜寻。

那些海鸥勇敢、熟练而又聪明。第四天，他们来到了一座大城市。他们一直在街道上空徘徊，直到看见一辆后座铺着巨大白色熊皮的马车行驶在马路上。然后所有的海鸥俯冲下来，整整有一百只，他们用嘴啄住熊皮，迅速飞走了。

但是，他们找到得太迟了。按照约定，王者之战将在第七天举行，他们必须快速飞行，在那之前抵达北极。

此时，鸟熊正在为首战做准备。他用细冰缝把爪子打磨锋利。他抓住了一只海豹，"嘎吱嘎吱"地嚼着它的骨头，来测试他那大黄牙的力量。海鸥女王派了一群鸟来给北极熊之王梳理羽毛，使所有羽毛都顺滑地贴在他的身体上。

但是，每天，他们都焦急地注视着南方，盼望着那一百只海鸥把北极熊之王的毛皮拿回来。

第七天到了，那个地区所有的北极熊都聚集到北极熊之王的洞穴外面。武夫就在他们中间，他体格强壮，对胜利很有信心。

"只要被我的爪子碰到，那鸟熊的羽毛就会纷纷落下来！"他自吹自擂、夸夸其谈，其他的北极熊大笑着，给他鼓劲。

因为还没找回自己的毛皮，北极熊之王非常失望，但

是无论如何，他都下定决心，即使没有自己的毛皮，也要勇敢地战斗。他从洞穴的门口向前走着，带着一副骄傲的王者风范，当他面对对手时，发出了恐怖的吼叫声，对手武夫的心脏都被吓得停了一会儿。这时，武夫这才意识到与富有智慧和巨大力量的国王战斗可不是什么开玩笑的事。

与对手过了一两招之后，武夫恢复了勇气，他决定用大声咆哮把对手吓破胆。

"过来，近点，鸟熊！"他喊，"过来，近点，我要拔了你的毛！"

这一蔑视让北极熊之王非常生气。他像鸟儿那样竖起羽毛，使自己看起来有实际身材的两倍大，然后他大踏步向前走去，给了武夫一记重击，于是武夫的头盖骨像鸡蛋壳一样裂开了，他脸朝着地倒了下去。

就在这些聚集在一起的北极熊既害怕又惊讶地望着他们的守护者倒下去的时候，天空一下子暗了下来。

一百只海鸥从天而降，在北极熊之王的身上披上了一张纯白的毛皮，那毛皮在阳光下像银子一样闪光。

嗨！真想不到，当那些熊看到富有智慧而又受人尊敬的主人又以他们熟悉的模样出现在面前时，他们一致低下长满粗毛的头，向伟大的北极熊之王致敬。

墨西哥童话

星期日和七天

很久以前，有两个驼背的人。他们中一个善良，另外一个吝啬而又居心叵测。因为村子里的每一个人都取笑他们，他们没办法在村子里干活，于是，他们就以上山砍柴为生。所有的柴都是那个善良的驼背人砍的，而那个心眼儿坏的家伙非常懒，总是告诉他的同伴："唉，我今天病得好重啊。如果这个星期你去砍柴，那可是太好了。"他的伙伴因为心地善良，就每个星期都上山去砍柴。

一天，当那个自私的家伙像往常一样待在家里的时候，那个善良的樵夫又出去努力地干活了。他砍柴砍得非常累，因为离家远，他决定在一眼泉水旁边宿营。快到午夜的时候，樵夫听到有人在唱歌。起初，他想可能有人在他附近

171

宿营，但是当他听到那个人唱的歌词的时候，他才意识到那不是人的声音。

他小心翼翼地站起来，悄悄地走到传出声音的那个地方。当他看到是一群仙女围着燃烧着的篝火唱歌的时候，你可以想象得到他有多么惊讶。

星期一、星期二和星期三三天，

星期一、星期二和星期三三天。

这就是仙女们的歌词，她们一遍又一遍重复着这些歌词。看起来她们好像只知道这首歌。樵夫认为他应该和她们说话。很自然地，当她们又开始唱歌的时候，他走到篝火边，仙女们立刻看到了他。

"凡人啊，你想要什么？"仙女们问，"你为什么过来打扰我们？"

"因为我能帮助你们。听我唱，你们就会明白这么唱你们的歌会变得更好听。"然后，他开始唱：

星期一、星期二和星期三三天，

星期四、星期五和星期六六天。

哎呀！仙女们非常高兴。她们注意到这个善良的樵夫是一个驼背的人。她们让他跪下，用魔杖碰了一下他后背

172

上的隆起。立刻，隆起消失了，他变得非常魁梧。

突然，大地开始摇晃，岩石开始裂开，并传来恐怖的声音。

"来的是吃人巨妖！快！"仙女们告诉樵夫，"爬上树，否则吃人巨妖会杀了你。"然后，仙女们就消失了。

就在眨眼之间，樵夫爬到了树上，藏在了叶子里。他刚藏好，三个丑陋的吃人巨妖就坐到了树下开始聊天。

"啊，阿米格斯，你今年都干了哪些邪恶的事啊？"他们就这样彼此询问着。

"啊，"其中的一个吃人巨妖说，"我让整个村子的人都瞎了。他们全都瞎了，就连太阳在哪也看不见了。"

他们大笑起来。

然后第二个吃人巨妖说："哈！你那算什么？我让住在我王国里的人全都寂静无声了。他们全都哑了，甚至连小孩都不会哭了。"

吃人巨妖们笑得比以前更响了。

"哦，塞洛诺斯，"第三个吃人巨妖说，"我也没闲着。我让所有的人都聋了，他们甚至连炼狱中灵魂的呼喊声都听不见了。"

吃人巨妖们比之前笑得还要响亮，他们高兴地在地上打着滚儿。他们太邪恶了，人类的苦难居然能让他们快乐。可怜的樵夫，听到他们这样的谈话，吓得直打战。

"然而，"第一个说话的吃人巨妖又开口说话了，"如果

173

你像我这么做，一切都会恢复原状的。我弄瞎的那些可怜人不知道他们很容易就能治好。但无论如何，不要指望我会给他们治疗，也不要指望我会给他们解药。"

"很好，"第二个吃人巨妖说，"我也有一种方法可以治愈我王国里那些人的耳聋，我想我们的朋友也一定有办法让他王国的人重新开口说话。"

"你说得对，"第三个吃人巨妖说，"我也有一个治病的方子。"

"塞洛诺斯，"第一个吃人巨妖说，"要治疗我王国里那些眼瞎的人，需要一个人收集四月里第一个星期的露珠。然后用一个手指蘸上露珠抹在瞎子的眼睛上，他们就能被治愈。"

"你一定要守好你的秘密，这个秘密太精妙了。"第二个吃人巨妖叫着说，"但是，请听我的治疗方法。像我告诉你的一样，我让我王国的人全都聋了。你知道怎么能治愈他们吗？当然了，治疗耳聋比治疗眼瞎难多了。你们听说过贝尔斯山吧，要给聋子治病，就要用爱心把耳聋的人拉到这座小山，让他们站在岩石旁边，用锤子敲打这块岩石。这一敲击声能治好耳聋。"

"那根本算不了什么，"第三个吃人巨妖说，"要让我的人重新说话，必须有人去采一种叫做瑟尼诺植物的花，这种花只在下过大雨后开放一次。把这些花放在锅里煮，喝这种花制成的茶可以让哑巴说话。这种茶不仅能让人说话，而且能治百病。"

这些吃人巨妖玩得非常愉快，但是黎明很快就要来临了，他们决定一年以后再在老时间、老地点见面。

这些吃人巨妖刚一离开，樵夫就从树上艰难地爬了下来，并自言自语地说："那些仙女们对我很善良，我要用善良回报善良。我要去治愈那些吃人巨妖说的遭受痛苦折磨的可怜人。然而，因为现在距离四月还早着呢，我要先去治疗那些聋和哑的人。"

走啊，走啊，樵夫终于来到了那个哑巴王国。这个善良的人摘来了瑟尼诺花，调制好了茶，把它送给那些不能说话的人。这些人喝了茶立刻就能说话了。他们非常感激他，就给樵夫的小毛驴上装满了金条和银条。离开了哑巴王国，樵夫来到了聋子王国。他把这些聋子带到了贝尔斯山，治好了他们。多让人高兴啊！这些人又给樵夫的小毛驴上装满了金条和银条。四月就要来临了，樵夫朝瞎子王国走去。他在青草覆盖的大草原上宿营，等待四月份的第一场雨。当时机到来时，这个善良的樵夫从小草上收集露珠，到盲人居住的村庄把所有的人都治好了。作为回报，那些以前瞎了的人给他们的恩主装上了更多的黄金和白银。

最后，他回到了家，他的朋友，那个邪恶的驼背人在等着他。善良的驼背人讲述了他的冒险经历，但是那个邪恶的家伙一点也不在意黄金和白银。他只想弄掉身上的驼背。

175

"朋友,"那个邪恶的驼背人问他善良的朋友,"你能告诉我那棵树在哪儿吗?那些吃人巨妖很快就要去那儿了,也许我能变得像你一样富有。但是,首先,我希望仙女们让我的后背变直。"

善良的樵夫对他的朋友深感遗憾,但他还是同意按照他朋友的要求去做。就在吃人巨妖约好见面的那天早上,善良的樵夫带着他的朋友来到了那棵树。那个自私的驼背人甚至连谢都没谢他善良的同伴就爬上了树,把自己在树上安顿好,等待吃人巨妖和仙女们的到来。

在仙女们到来之前,大地和山川颤抖着,就像上次一样,吃人巨妖们在树下见面了。

"阿米格斯,"最大的吃人巨妖说,"我们中间有一个人是叛徒。有个人治好了我国那些瞎子。我们是唯一知道去年在这儿说话内容的三个人,叛徒一定就是你们两个中的一个。"

"不是我,"第二个吃人巨妖说,"因为我王国里那些哑巴现在也能讲话了。"

"现在,我国那些聋子也能听见了,"第三个吃人巨妖生气地说,"一个樵夫来到我的王国,治好了每一个人。"

"正是他治好了我国的那些人!"另外两个吃人巨妖喊道。

然后,仙女们出现了,她们唱着歌,跳着舞,忘记了对吃人巨妖的恐惧。

星期一、星期二和星期三三天

星期四、星期五和星期六六天。

那个早已经看见仙女的驼背人，迫不及待地想给仙女们的歌词加上一句，希望他的驼背能够尽快消除。当仙女们刚唱到"六天"的时候，驼背人叫着说出了出现在他脑子里的第一句话："和星期日七天！"

瞬间，吃人巨妖和仙女们像石雕一样，一动不动。他们一回过神来，仙女们就立刻喊道："我们的歌被毁了！"说完，她们就消失了。

这时，吃人巨妖们四下张望，叫道："叛徒在那儿！"他们冲上树，把那个驼背人拉了下来。

"啊，就是你了，你这个没用的蜘蛛，泄漏我们的秘密！那好，接招！"吃人巨妖们在那个卑鄙的驼背人的背上又装上了一个驼背。

熊王子

　　很久以前，有一个贫穷的伐木人，他有三个美丽的女儿。在这三个女儿中，最小的女儿最为动人。一天，伐木人去森林里伐木，就在他砍一棵橡树的时候，一只巨大的令人恐惧的熊猛地冲过来夺走了他手中的斧子。

　　"是谁让你在我的森林里伐木的?"熊咆哮着说，"你在偷我的木材，现在你必须用你的命来赔偿。"

　　"请你原谅我，熊，"可怜的伐木人说，"我来这儿伐树，就是要卖掉它，这样可以供养我的三个女儿。如果你杀了我，我年幼的女儿们都会饿死的。"

　　熊想了一会儿，然后说："只有一种办法可以赎回你的命。你必须把一个女儿嫁给我。"

伐木人不知道该怎么说，也不知道该怎么做。后来，他想如果他被熊杀了，女儿们就会饿死，于是他被迫同意了熊的提议。

"父亲，"他回家后，两个大一点的女儿说，"我们就是死也不愿意嫁给那只熊。"

最小的女儿宁法说："父亲，我愿意嫁给那只熊。"

第二天，宁法和父亲来到森林里那处熊等他们的地方。见到这么美丽的少女，熊非常满意。

然而，宁法对熊说："熊，我母亲总是教导我说，做任何事都要遵循上帝的法律。如果我必须嫁给你，我想按照天主教的仪式和你结婚。"

熊同意了，说如果神父愿意来到森林，就可以这么做。伐木人立刻去找神父，很快，他带着一位神父回来了。就这样，宁法和熊结了婚。

熊带着宁法来到他的山洞，当天色变暗时，他吟诵着：

> 熊，如此毛茸茸，
>
> 熊，如此让人惊恐，
>
> 变成一位王子，英俊又可爱。

立刻，熊变成了一位英俊的王子。然后，他告诉宁法："我是一位被施了魔法的王子，女巫诅咒我在白天变成一头熊，晚上变成人。你可以在这儿做任何你想做的事，但是

179

有一个条件，你不能告诉别人我是一位被施了魔法的王子。"

宁法非常愉快地许诺说她永远也不会泄露熊王子的秘密。

第二天早上，他们从床上起来，王子说：

王子，如此英俊，
王子，如此可爱，
变成一只熊，
毛茸茸，让人惊恐。

立刻，王子又变回了熊。

日子一天天过去了，宁法非常想家，她想去拜访住在村子里的家人。然而，她不知道怎样才能得到王子的许可。最后，她鼓起勇气对他说了。

"王子，你不在的时候，没人和我说话。我希望你能让我回趟村子见见我的父亲和姐姐。村子离这儿不远，如果我早晨早点出发，就能在天黑以前回来。"

王子不想让宁法走，但是女孩这么坚持，最后他还是答应了。然而，他让她再次发誓，不要泄露他的秘密。

第二天早上，宁法很早就起床了。她穿戴得珠光宝气地去看父亲和姐姐们，他们也非常高兴地欢迎她回来。然而，很快，两个姐姐开始嫉妒宁法了。她们开始嘲笑宁法，

实际上她们是在嫉妒她戴着贵重的珠宝，穿着昂贵的礼服。

"你嫁给了一只熊，这是多么让人感到羞耻的事啊！"两个姐姐反复这么说她。

两个姐姐这么说了很多次，最后，宁法发火了，她控制不住自己的脾气，泄露了丈夫的秘密。两个姐姐听到宁法的故事感到非常惊讶。最后，大姐说："这样看来，宁法，你为什么不给王子解除魔咒呢？你要做的事很容易。今天晚上把他灌醉。当他睡着的时候，把他绑起来，在他的嘴里塞上东西。等天亮王子醒来的时候，他就没法说那些咒语了，魔咒就解除了。然后你就永远有一个人做丈夫了。"

当天晚上宁法回到熊洞就按照大姐的建议做了。次日清晨，王子醒来时惊讶地发现自己被捆绑，嘴里被塞满了东西，你可以想象一下他当时是多么惊讶！

他没办法说出魔法韵文，魔咒就被解除了。

"我的爱人，"王子之后对宁法说，"你没有遵守诺言，现在你必须为这种行为的后果负责。我们两个人必须在一起幸福地生活一年零一天，才能解除魔咒。由于你违背了我的命令，你必须来寻找我。而你只有到达忠实城堡，才能找到我。"

说到这儿，王子就消失了，只剩下了宁法一个人。她哭得非常伤心，因为她真心地爱着王子。然后，宁法决定去忠实城堡和丈夫团聚。她整理了几样东西，背在背上，出发找丈夫去了。

熊王子

181

走着走着，宁法来到了一座巫师居住的森林。

"宁法，"巫师说，"你想在这座森林里找什么？"

"我在找忠实城堡，"宁法回答说，"你知道它在哪儿吗？"

"我不知道。"巫师说，"但是，沿着这条路走，你就可以到达我父亲的房子。他也许知道那座城堡在哪儿。带上这个核桃，如果你发现自己陷入麻烦，就打开它。"

宁法感谢了这位老人一番就离开了，然后，她来到巫师父亲居住的那座房子。她问巫师的父亲是否知道忠实城堡在哪儿。老人不知道，但是他说："看，沿着这条路走，你就能到达我大哥家。他旅行去过许多地方，也许他能告诉你那座城堡在哪儿。像我儿子一样，我也要送给你一个核桃。如果你发现自己陷入了麻烦，就打开它，它会帮助你的。"

宁法走啊走，终于来到了第三个巫师家。但是，他也不知道那座城堡在哪儿。然而，他告诉她应该怎么做："也许月亮知道。沿着这条路走，很快你就会到达月亮家。但是要小心，月亮可能会生气。我也要给你一个核桃。如果你发现自己陷入了麻烦，就打开它。"

宁法离开了。可怜的女孩非常非常累，但是那天晚上她终于来到了月亮家。宁法敲了敲门，月亮的女管家，一位身材娇小的老妇人走了出来。

"仁慈的主啊！孩子，你来这里做什么？"老妇人问，

"你不知道月亮发现你，就会把你吃掉吗？"

宁法哭着向老妇人讲述了发生的所有事。

"看，"老妇人说，"你藏在那个火炉的后面吧。月亮来的时候，我就有意无意地问问她是否知道那座城堡在哪儿。"

天亮了，月亮生着气回来了，因为她的手指被一个带刺的梨扎了一根刺。

月亮走进厨房说："我闻到了人肉的味道。把它给我拿来，否则我要吃了你。"

"别闹了，"老妇人说，"你疯了。就因为炉子里有烤肉，就认为那是人肉。坐下来吃吧，吃饱了你就可以睡觉了。你太累了。"

月亮坐下来吃肉，老妇人开始说："一天，一只猫头鹰从这儿经过，我和她说话。她告诉我她听到有人谈论忠实城堡。你知道那么多事，一定知道这座城堡在哪儿吧？"

"告诉你事实吧，"月亮说，"我不知道。也许太阳知道。"

月亮睡觉去了，那个娇小的老妇人低声对宁法说："快点，要赶在月亮醒来之前离开。沿着这条路走，很快你就可以到太阳家了。"

宁法离开了，她走啊走，走啊走，终于来到了太阳家。她敲了敲门，另一位娇小的老妇人出来了。

"天哪，女孩！"她叫道，"你来这里做什么？你不知道

熊王子

如果太阳发现了你，会把你烤焦吗？"

宁法哭了起来，她哭泣着把她的故事告诉了这位娇小的老妇人，两个人伤心地说着话，突然房间里充满了亮光，太阳回来了。

宁法在胸前画着十字等死。但是，那位娇小的老妇人叫道："等一下，太阳！等一下！这个可怜的孩子是来找忠实城堡的。"

"啊！"太阳大声说，"你是来找忠实城堡的？"

宁法哭着告诉太阳发生在她身上的那些事。

"我知道城堡在哪儿，"太阳说，"它离这里很远。我可以带你去，但是现在太晚了，你知道，天黑了以后，我就不能再出去了。但是，瞧！在这附近住着我的好朋友风，他叫艾尔。他可以带你去。你就沿着这条路走，你到了艾尔家，你就告诉他是我让你去的。"

宁法离开了，她走了很长时间，才来到风的家。她敲了敲门，风尖叫着说："无论是谁，都请进来吧！"

宁法走进屋子，告诉艾尔说是太阳让她来的，还有太阳请艾尔帮忙送她去城堡。

"这是理所当然的，"艾尔说，"无论什么事，我都会答应的。"

她告诉艾尔先生那些发生在她身上的不幸的事，并说她想去忠实城堡。

184   "别担心，"艾尔说，"我会亲自带你去的。"

王子掰开了橘子，从里面跳出一个少女
《吉卜赛女王》插图

宁法骑在艾尔的背上，一眨眼的工夫就到了忠实城堡。

"看，"艾尔说，"城堡里好像在举行狂欢节。"

整座城堡灯火通明，到处都可以听到小提琴和吉他的声音。

"我得走了，"他对宁法说，"在上帝的帮助下，一切都会顺利的。"

说完，他变成了一阵旋风，迅速离开了。

宁法敲了敲城堡的门，一个仆人出来了。

"我可以为你做什么？"仆人问。

"我想见王子。"

"女士，"仆人回答说，"你现在不能见他。他刚刚结婚，正在和新王妃跳舞呢。"

"哦，如果情况是这样的话，先生，至少让我进来看看舞蹈。我从没见过这么华丽的舞蹈。"

仆人告诉宁法："我可以让你进来，但是有一个条件，你必须小心不能让新娘看见你。因为你没有得到邀请，她看见你在这儿，会生气的。"

宁法走进城堡，看见她的丈夫正在桌边吃饭，桌子周围坐满了他的客人。

她把身子紧紧贴在墙上，设法吸引王子的注意力。可他继续吃饭，好像没有看到这个可怜的女孩。

宁法努力吸引王子的注意力，却被新娘发现了。新娘是个邪恶的女巫，她用魔法使王子失去了判断力，让他和

自己结婚。

然后，王子看见了宁法，立刻认出了她。他大声叫仆人把宁法带过来，但是噪音太大了，没人听到他说话。

这时女巫尖叫着对仆人们说："把那个乞丐赶出去！"

仆人们准备伸手去抓宁法，就在这时，宁法打开了一个巫师们送给她的核桃，然后她立刻变成了一只小老鼠，到处跑来跑去。女巫看到后，立刻把自己变成一只大猫，开始捉老鼠。小老鼠跳到王子的桌子上，跳进了他的盘子里。这时宁法又打开第二个核桃，把自己变成了一粒米饭，和王子盘子里的其他米饭混在一起。猫也跳上桌子，把自己变成一只鸡，开始吃米饭。

这时宁法打开第三个核桃，把自己变成了一只郊狼，一口把鸡吃掉了。

接着，宁法变回人形和王子团聚了，从此以后，他们两个幸福地生活在一起。

小绿兔

很久以前，有一位非常富有的国王。他有三个儿子，这三个儿子都非常英俊、潇洒，国王很喜欢他们。然而，国王希望儿子们完全遵守他的命令。一天，三个王子没有得到父王的许可就来拜见他，这让他很生气。为了惩罚他们，国王对他们施了魔咒，把他们全都变成了兔子。大儿子被变成了一只杂色兔子，二儿子被变成了一只白兔子，小儿子被变成了一只小巧可爱的绿色兔子。

此外，国王告诉他们："整整一年，你们都不能离开王宫，你们只能在晚上的时候变回人形。"

时间过得很快。一天，三只兔子在王宫的花园里慢慢地吃着草，绿色兔子说："兄弟们，我再也不能忍受这样的

生活了。我们从那根水管爬出去，看看这座牢房的周围有什么。"

另外两只兔子不愿意去。他们害怕国王。然而，绿色小兔坚持不懈，最后两个哥哥同意了。整整一下午，兔子们都在山谷和小山上跑来跑去。在回王宫的路上，他们听到有人用优美的嗓音唱着一首令人愉快的歌。

"我们去看看是谁在唱歌。"绿色小兔说。

绿色小兔恳求哥哥们一起去，但是他们都拒绝了。于是，小绿兔一个人去了。他朝着歌声传来的方向走去，发现了一座美丽的王宫。他想找一条路进去，就围着花园的围墙跳啊跳，终于找到一处裂缝钻了进去。他悄悄地爬进花园。在那儿，他发现唱歌的人是一位公主。她的头发像太阳一样是金色的，眼睛像大海一样是蓝色的。她的名字叫玛丽索尔。看见她的第一眼，小绿兔就爱上了她。

不知不觉，他朝她走得越来越近。公主也看见了这只兔子，稍微一伸手就把他抓住了。她立刻跑进王宫，给父母们看她抓到的这只可爱的绿色小兔。玛丽索尔的父母非常爱她，因为玛丽索尔不仅美丽善良，还是他们的独生女儿。然后公主把小兔带进她的卧室，你可以想象一下，当她听到兔子说话时，有多么惊讶！

"美丽的公主，我不是一只兔子。我是一个被施了魔法的王子，因为没有遵守父亲的命令而被施了魔法。如果你不让我走，我父亲，那位国王今天晚上就会杀了我。放了

我吧，我承诺，只要我的惩罚一结束，我就回来娶你。拿上这个戒指，它可以证实我说的话。"

公主听到兔子的话，非常惊讶，但是因为她善良，同时也因为她爱这只兔子，她就把他带到花园，放走了。

几个月过去了，兔子还没有回来见玛丽索尔！又过了很长时间，玛丽索尔开始变得憔悴了。她的憔悴引起了父母的警觉。为了取悦她，父母们决定以她的名义举行一个盛大的狂欢节。他们请来世界各地的音乐家和画家，也许他们可以取悦她。

在附近的一个村子里住着一位老人和他的女儿。那女孩会演奏吉他，唱甜美的歌曲。当老人听说了国王的公告，他决定带着女儿罗西塔到公主面前演唱。

女孩和他的父亲骑着小毛驴出发去王宫。路上要经过三只小兔居住的城市。当父女俩到达这座城市时，两个人都很饿。罗西塔去王宫附近的一个面包店买面包。面包师把面包烤焦了，非常生气，把一块扁面包朝罗西塔扔去。罗西塔想接住面包，但是没接住。那块圆形的但是有点扁的面包掉在了地上，从门口滚了出去。罗西塔在它后面跑，但是那块面包滚啊滚，最后滚过王宫墙上的一道裂缝，停在了一个美丽的卧室门口，卧室里有三张美丽的床。罗西塔听到声音不得不藏起来。她把自己藏在房间的挂毯后面，看到有三只兔子进来了，一只杂色，一只白色，一只绿色。杂色兔子跳上床，伸展四肢，变成了一位英俊的王子。白

色兔子也这么做了，也变成了一位英俊的王子。很快，他们俩都睡着了。最后，绿色兔子也跳上床，伸展四肢，变成了一位非常非常英俊的王子。但是，最后这位王子没有立刻睡觉，他哭了起来。另外两位王子醒了，开始对他说："忘了玛丽索尔公主吧。我们的父亲永远也不会让你娶她的。"

最后，三位王子都睡着了，罗西塔设法按照来时的路线走出了王宫。

天就要亮了，罗西塔和父亲出发去玛丽索尔公主的村庄。

罗西塔和她父亲来到了王宫，去见国王。罗西塔唱歌、跳舞，但是没给玛丽索尔留下什么印象。最后，罗西塔说："看来，公主，我得给你讲个故事。"

然后罗西塔把所有发生的事都讲了一遍，也讲了她如何看到一只绿色小兔。玛丽索尔非常高兴，她请求父母准许她去看绿色小兔。玛丽索尔的父母不想让她去，但是她一直坚持，最后国王和王后还是同意了。

罗西塔和玛丽索尔来到兔子居住的那座城市。当她们走近王宫城墙的裂缝时，罗西塔对玛丽索尔说："你瞧，我的公主，我们就从城墙上的这个裂缝走到王宫里吧。不要发出任何声音，因为国王听见我们的声音，就会杀了我们。"

玛丽索尔同意了，她们来到了王子的卧室。过了一会，

杂色兔子进来了，跳上床，伸展四肢，变成了一位英俊的王子。然后，白色兔子进来了，也这么做了，也变成了一位英俊的王子。最后，绿色小兔进来了，当他跳上床，伸展四肢的时候，玛丽索尔再也忍耐不了了，她喊叫着，跑向王子。

此时，国王正在礼堂附近散步，他听到了玛丽索尔的叫喊声，立刻冲向王子的卧室。当国王看到她的时候，非常生气，想杀了她。但是，最小的王子告诉父亲："陛下，这位少女是我的未婚妻，我们打算结婚了。"

国王非常愤怒，他强压怒火说："你们想结婚吗？你们两个没有得到我的许可就见面了？现在，在我同意你们结婚之前，你们两个必须按照我说的做。"

"你，"他告诉王子，"将再当七年兔子。而你，"国王告诉玛丽索尔，"除非用你的眼泪装满七个木桶，穿坏这七双铁鞋，否则你不能嫁给王子。"

可怜的王子和公主不得不答应，除此以外，他们什么也做不了。王子跪下了，开始祈祷，而玛丽索尔哭着和他告别，然后她就回到外面的世界，穿她的铁鞋。

玛丽索尔哭着走了很长很长时间，来到了月亮的家。这时，她已经用泪水装满了那些桶，也穿坏了那七双铁鞋。然而，可怜的女孩太累了，这里又离小绿兔的宫殿很远，她不得不找个地方休息。她敲了敲月亮的门，月亮出来了。

"女孩，"月亮说，"你来这里做什么？"

小绿兔

191

玛丽索尔把她的故事讲给月亮听，请月亮帮忙把她带到绿色小兔的家。

"你瞧，"月亮说，"现在我不能去世界的那个地方旅行。我不能在大地的另一面连续待上好几天。你看见那座山了吗？我的朋友太阳住在那儿。去找他，他也许能帮助你。"

玛丽索尔走啊走，终于来到了太阳的家。她敲了敲门，太阳出来了。"你来这儿做什么呀，女孩？"太阳问。

"我是小绿兔的未婚妻，"玛丽索尔说道，"我想知道你能不能帮助我返回小绿兔的宫殿。"

太阳惊讶地看着玛丽索尔说："你说你是小绿兔的未婚妻？这不可能。小绿兔三天后就要结婚了。他的未婚妻是国王亲自挑选的。所有的人都祈祷我有个好心情。他们想让我那天放出光芒。"

"太阳，"玛丽索尔恳求着说，"请你带我去那个王宫吧。"女孩把发生在她身上的事都讲给太阳听。

"你看，女孩，"太阳回答说，"我没办法带着你，如果我用胳膊抱着你，我会把你烤焦的。但是，听着，在那边，在那座小山的另一边，住着我的朋友风，让他带你去你想去的地方吧。"

玛丽索尔走啊走，终于来到了那座小山，来到了风的家。女孩敲了敲门，艾尔夫人，风的妻子出来了。

"请进，小女孩，"艾尔夫人说，"你来这里做什么呀？"

玛丽索尔向艾尔夫人讲述了所有发生的事。突然艾尔先生走了进来，他大笑着，以致全身都颤抖起来了。艾尔夫人问他为什么笑，艾尔先生说他破坏了所有为小绿兔和他未婚妻的婚礼所做的准备。然后，艾尔先生看到了玛丽索尔，问她来这里做什么。玛丽索尔告诉了他发生在她身上的事。

　　"哦，"艾尔先生说，"也许这就是最近小绿兔总在教堂里祈祷的原因。我想他希望你回去。搂住我的腰，不到眨眼睛的工夫，我们就能到达王宫。"

　　艾尔先生用旋风的速度带着玛丽索尔来到小绿兔居住的王宫。

　　国王已经在那里了，他问："这个乞丐是谁？"

　　然而，小绿兔立刻认出了玛丽索尔，他跑向她，同时喊着："我的未婚妻在这里！我真正的未婚妻终于来了！"

　　这时，玛丽索尔已经拿出用她的眼泪装满的那七只木桶和一块手帕，手帕里包着七双铁鞋的残片，她把这些东西递给国王。

　　因为国王自己说过这样的话，他无法反悔。于是，玛丽索尔和王子结了婚，从此幸福地生活在一起。

小绿兔

193

克莱门西亚和乔斯

很久以前，有一对夫妇，他们有个女儿叫克莱门西亚。

克莱门西亚的母亲是个女巫，她一点也不喜欢克莱门西亚，因为她说，那女孩总去教堂，是个傻子。

有一年，庄稼丰收了，比往年多很多，于是，克莱门西亚的父亲不得不雇人帮他收割庄稼，他雇了一个名叫乔斯的年轻人。很快，乔斯和克莱门西亚就相爱了，他们想尽快结婚。

当他们请求她父母许可的时候，女孩的父亲答应了，但是女巫却拒绝了。

尽管如此，克莱门西亚和乔斯越来越相爱，这使女巫对他们非常气愤。

一天，当乔斯在畜栏照看骡子的时候，克莱门西亚的母亲决定杀了他，这样就可以结束他们的恋情，让克莱门西亚痛苦了。女巫去找她丈夫，对他说："老头子，让乔斯去牧场把那头正在那儿吃草的黑色骡子带回来。"

克莱门西亚听到她母亲这么说，就猜想也许这个女巫要杀了她的爱人。

"你瞧，乔斯，不一会儿，我父亲就会让你去牧场把那头黑色骡子牵回来放在畜栏里。那头黑色骡子是我母亲。如果你骑她，她就会弓起背，她会把你从背上摔下来，杀了你。仔细听我要告诉你的话：当你骑上那头骡子的时候，她就会弓起后背，这时，你弯下腰，咬住她的右耳，她的力量就会消失。你把骡子牵回来，放在畜栏里，但是要小心不要对其他人讲任何事。"

每一件事都像克莱门西亚预料的那样发生了。乔斯使骡子失去了力量，把她安全地牵回了畜栏。吃晚饭的时间到了，乔斯注意到老妇人的右耳朵上缠着绷带。

那天晚上，克莱门西亚决定和乔斯私奔。他们商量在十一点的时候，由克莱门西亚叫醒乔斯，他们俩一起逃跑。

十一点的时候，克莱门西亚来到乔斯的卧室。她把他摇醒，说："在你的床上吐口唾沫，我已经在我的床上吐完唾沫了。"然后，他们就离开了。

不一会儿，老女巫醒来了，开始叫克莱门西亚，但是她女儿吐在床上的唾沫回答说："母亲?"

195

　　老妇人听到克莱门西亚的声音，就又睡着了。过了很长时间，克莱门西亚的母亲又醒了。她又叫克莱门西亚，但是这次没有回答，因为唾沫早已经干了。生气的女巫来到克莱门西亚的卧室。没有找到女儿，她就跑向乔斯的卧室。她也没找到他。女巫已经猜到发生了什么事。等到天亮，她把自己变成一只老鹰，飞上天空去找两个年轻人。飞了很长时间，女巫才看到他们。克莱门西亚也看到了老鹰，她知道那是她母亲变的。克莱门西亚已经从她母亲那里学了许多魔法，于是，她在地上丢下一把梳子，那里立刻就出现了一大片茂密的森林。老鹰无法飞过，就降落到地上，又变回了女巫。通过使用魔法，她让森林消失了。然后，她又一次变成了老鹰，继续追捕那对恋人。乔斯和克莱门西亚已经跑出了一段距离，但是他们很快意识到老鹰又已经在他们头顶上了。然后女孩扔下一面镜子，镜子立刻变成了一处宽阔的湖泊，老鹰无法飞过。

　　老鹰看到巨大的湖泊后立刻着陆，变回女巫，让湖泊消失了。然后，女巫又用魔法把自己变成老鹰，飞着去追捕那对恋人。老鹰又一次看到了他们，但是克莱门西亚朝空中扔了一把灰烬。灰烬变成了浓雾，老鹰没办法穿过去。天已经黑下来了，女巫没法继续追捕那对恋人。因为太阳一下山，女巫的力量就消失了。

　　然而，在飞回家以前，女巫诅咒那对恋人说："坏女儿，记住当你们到达第一个村庄时，你的爱人就会离开你。"

克莱门西亚和乔斯没有过多注意女巫的诅咒，他们继续跑，没有停下来休息。终于，他们来到一个小村庄。就在他们接近小村庄时，克莱门西亚坐下来休息，因为她太累了，还有她的鞋子也因为走路太多，磨破了。

"在这儿等我，我去村子里给你买双鞋，再买些吃的东西。"乔斯说。

克莱门西亚不想让乔斯离开她，但是他坚持这么做，她就让他去了。

天色渐渐暗了下来，乔斯没有回来。又一天过去了，他还是没有回来。最后，克莱门西亚想起了母亲的诅咒，一路哭着走进小村庄。

克莱门西亚没有找到她的恋人，就不得不找活儿干。一天，当她感到比平时还要悲伤时，两只鸽子飞来了，落在她的窗前。它们"咕咕"地叫着，好像要让克莱门西亚高兴起来。

克莱门西亚抓住鸽子，耐心地教它们戏法。

这样，几个星期过去了，鸽子学会了戏法，克莱门西亚把它们带到城市广场上开始表演。

许多人都来观看，人们都羡慕鸽子那灵巧的绝技。同时，克莱门西亚也机警地寻找着乔斯，她想在人群中找到他。终于，有一天，她看到了乔斯，但是他已经认不出她了。她用一根魔杖碰了一下母鸽子，那只鸟一圈圈地围着公鸽子走着，边走边唱："库鲁库图库，库鲁库图库，你还

记得你过去说过你爱我吗?"

"不记得!"公鸽子回答说。

"你还记得吗,"那只母鸽子说,"我们离开了我的家?你还记得吗,你把我留在了路边?"

"不记得!"另一只鸽子回答。

"你还记得吗?当我们进入村子的时候,你把我留在路边,因为你要去给我买鞋子?"

鸽子大声说:"记得!我现在想起来了。"

这时,一直在旁边观看的乔斯说:"我也想起来了。你是克莱门西亚,我的爱人。"乔斯一下子把克莱门西亚拥在怀里,说他们再也不分开了。于是他们结婚了,在一起幸福地生活了许多年。

吉卜赛女王

从前，有一个国王，他有一个儿子。当王子到达结婚年龄的时候，他告诉父母说："我想娶世界上最漂亮的女人为妻。因此，我要周游世界去找她。"

王子离开王宫去旅行，他来到一眼泉水旁，停下来喝水。就在他弯腰喝水的时候，他看到水里倒映着三个橘子的影子。他抬头一看，发现在一棵橘子树上有三颗又大又美丽的果实。

"它们看起来可真诱人啊。"王子说。他爬上树，从树上摘下了那三个橘子。

王子把第一个橘子掰成两半，里面出现了一位美丽的少女。

"给我点面包。"少女对王子说。

"我不能给你，"他回答说，"因为我也没有多少了。"

"那么，我要回到我的橘子里去。"少女说着，橘子又变完整了。

王子掰开了第二个橘子，这个橘子里也出现了一位少女，比刚才那位还美。

"给我些面包。"第二个少女对青年说。

"我不能给你，"王子回答说，"因为我也没有多少了。"

"那么，我要回到我的橘子里去。"少女说着，橘子又变得完整了。

王子思考了一下他的处境，决定去弄点面包，以免第三位少女出来要面包。

就在王子制订这个计划的时候，一个吉卜赛人坐着马车从这经过。

"朋友，"王子喊道，"我要用一枚金币换一片面包。"

吉卜赛人匆忙从马车上下来，迫不及待地给了王子一些面包。

王子现在又高兴又满足地掰开了第三个橘子。从这个橘子里跳出来的少女，比刚才那两位还要美很多。

"给我面包。"第三个少女说。

王子高兴地把面包递给她。橘子女士大声说："现在，我就是你的了。只要你高兴，怎么对待我都可以。"

"我要娶你。"王子回答说。

少女全身赤裸。王子想把她带回王宫，但他不能让她这样去。他检查了一下吉卜赛人的衣服，衣服非常脏。于是，王子对少女说："和这个吉卜赛人待在这里，我去给你找些衣服。"

吉卜赛人有个女儿，她一直在车里睡觉，没有亲眼见到刚才发生的事。当王子骑马离开的时候，她醒来了，她一看见他，就爱上了他。

吉卜赛人的女儿从车上跳下来，问父亲发生了什么事。吉卜赛人就把刚才发生的事告诉了她。

吉卜赛女孩看到美丽的少女就对她说："我给你梳头吧，这样，当王子回来的时候，你就会变得更漂亮了。"

少女同意了。就在吉卜赛女孩给少女梳头的时候，她突然把一根钉子按进了少女的头。立刻，少女变成了一只鸽子。然后，吉卜赛女孩脱下衣服，坐在刚才少女坐过的地方。

王子很快回来了，他看到吉卜赛女孩，大声说："女士，你怎么变得这么黑啊！"

"太阳灼伤了我的皮肤。"女孩回答说。

王子相信她就是橘子少女。于是，他把这个吉卜赛女人带回了王宫，娶了她做妻子。

一天，一只鸽子来到国王的花园，问园丁："国王的园丁啊，王子和他的妻子怎么样？"

"他有时候唱歌，但也经常哭泣。"园丁回答说。

从那时起，这只小鸽子总来花园，一遍又一遍地问同样的问题。最后，园丁把这只鸽子的事告诉了王子。

王子命令他说，当这只鸟下次再来花园的时候抓住它。园丁在鸽子经常休息的树上抹上了粘鸟胶。第二天，当它准备飞走的时候，它走不了了。园丁抓住它，把它带到王子那里。

王子爱上了这只小鸽子。他把小鸟捧在手里，开始轻轻地抚摸它的头。他感到鸽子的头上有一根钉子，就用力把它拔了出来。立刻，鸽子变回了橘子少女。

美丽的女孩把发生的所有事都告诉了王子，王子又把女孩的故事告诉了国王。

国王非常生气，他命令把那个吉卜赛女人在火刑柱上烧死。王子和橘子少女结婚了，从此幸福地生活在一起。

虱子皮外衣

从前，有一位国王，他有一个女儿。一天，王后在给女儿梳头时，发现了一只虱子。

"看，父亲，"公主说，"这只在我头上发现的母虱子。"

"别杀它！"国王大声说，"我要把它放在一个罐子里。我很好奇，想知道虱子吃王族的血，能长多大。"

国王把虱子放在一个罐子里，每天让它吃公主身上的王族血液。他让虱子一连几个小时在女孩的皮肤上吸吮血液。

虱子长得很大，国王不得不把它放到一个更大的罐子里。虱子继续长，最后国王不得不把它放在一个桶里。公主继续喂虱子，直到后来，虱子长得非常巨大，国王不得不把它放在大酒桶里。当大酒桶也容不下虱子的时候，国王把它杀了。然后，他把虱子皮制成皮革，让王室裁缝给

他做一件外衣。

当这件外衣做好的时候，国王穿上它，问每个人同样的问题："你能猜到我这件衣服是用什么动物的皮做成的吗?"

有的人说是牛，有的人说是鹿，但是没人能猜对。

最后，国王宣布在他的王国里，谁能解开这件衣服的谜，谁就可以娶公主。

人们从四面八方赶来猜谜，但是没一个人能猜对。

一天，一个牧羊人赶着羊群来到城里。他想去市场卖羊，但是他决定不妨先四处看看风景。走了很长时间以后，他来到了王宫的墙外。他感到很累，就卷了一根烟，靠在国王花园的围墙上吸烟，这时，他听到说话声，是国王在和他的妻子说话："我想，没有人能猜得出我的衣服是用虱子皮做成的。"

牧羊人一听到这，马上离开了，他想："我马上就要娶到公主了。"

第二天，牧羊人来到王宫，请求见国王。来到国王跟前后，牧羊人说："先生，我来是想看一下，能否解开您的衣服之谜。"

"猜吧。"国王说。

"先生。"牧羊人说，"这件衣服是用虱子皮做成的。"

"你猜对了!"国王叫道。

于是，国王命令牧羊人和公主的婚礼马上举行，丝毫没有耽搁。

禁止入内的房间

　　从前有一个邪恶的巫师，他总是打扮成乞丐的样子，挨家挨户乞求施舍，并且偷走他能发现的最美丽的女孩，被偷走的女孩没有一个人能够回家。

　　一天，巫师敲开一户人家的门。这户人家有一个男人和三个美丽的女儿。大女儿打开了门，给了他一片面包。

　　当她给他面包的时候，他摸了一下她的胳膊，对她施了催眠术。然后，他把她放进他经常背在背上的那个篮子里，带回他的房子。他的房子就在大森林的中央。那里的一切物品都非常华丽，女孩可以拥有她想要的任何东西。

　　几天以后，巫师告诉她，他要旅行去了，他会把房子的所有钥匙都给她，除了一个房间不能去以外，她想去哪

个房间都可以。如果她进入那个房间，她立刻就会死。此外，他还给了她一枚鸡蛋，让她好好看管。

就在巫师消失在视线之外以后，女孩打开了每一个房间，发现了很多美丽的东西，这让她非常高兴。最后，她来到那个禁止进入的房间，经过一阵迟疑以后，她的好奇心占了上风，进入了房间。

房间里看到的景象让她直打战。这里有几百个女孩，她们都被绑架了，所有人看起来都像睡着了一样。这一景象把女孩吓坏了，她尽自己所能飞快地跑出了这个房间。

匆忙中，她把拿在手里的那枚鸡蛋掉在了地上，但是鸡蛋没有破。当她把鸡蛋捡起来的时候，发现鸡蛋变红了，虽然她想把它擦干净，但是鸡蛋还是红色的。

过了一会，巫师回来了。他注意到鸡蛋发生的变化，于是他对女孩施了魔法，把她拖进那间禁止入内的房间，和其他女孩放在一起。

然后巫师去了同一户人家，偷走了第二个女儿，当然，第二个女孩也发生了同样的事。

他又第三次来到这户人家，绑架了小女儿，但是这个女孩很聪明。当巫师给她钥匙和鸡蛋的时候，她把鸡蛋放在了壁橱里。然后，她拿着钥匙，进入了那间禁止入内的房间。她吃惊地看到这么多女孩躺着，好像睡熟了一样。在这些女孩中，她认出了自己的两个姐姐。

她离开了这个房间，关上了门。当听到巫师回来的时

候，她拿着鸡蛋和钥匙去见他。

"你将成为我的妻子，因为你抵挡住了你的好奇心。"他大声说着。

因为女孩破除了咒语，巫师失去了法力，她想怎么对待他都可以，于是她去了那间禁止入内的房间，叫醒了所有的女孩。然后，她去找巫师，告诉他："在我嫁给你之前，你必须带上一篮子金子去见我的父母。"

她拿来一只非常大的篮子，把两个姐姐藏在里面，上面盖着一块块黄金。然后，她让巫师背着篮子去她家，但是路上不准停下来，因为她会从窗户那儿看着他的。巫师背着篮子出发了，但是很快他就筋疲力尽了。他坐下来休息，但是，就立刻听到一个声音说："我会从窗户那儿看着你的。"他以为这是他未来妻子的声音，就立刻站起来，又走了很长时间。每次他想停下来休息的时候，都发生同样的事，终于，他来到了未婚妻的父母家，放下了篮子。

与此同时，他未来的妻子拿出一片硬纸板，做成一个人头的形状，放在二楼的窗台上，让它看起来好像有人从窗子往外看似的。然后，她去释放了其他的受害者，邀请她们参加她的婚礼。最后，她把自己的全身粘满了羽毛，把自己伪装成一只罕见的鸟，这样就没人能够认出她，于是，她离开了巫师的房子。没走多远，她就遇到了一些她邀请来参加婚礼的客人，她们问她："美丽的鸟，你从哪里来?"

"从巫师要举行婚礼的那幢房子来。"

207

"那么，请你告诉我那美丽的新娘在做什么？"

"穿戴好了美丽的结婚礼服，斜靠着窗子往下看。"

当巫师往家走的时候，二楼的窗子打开着，他朝里面看了看，发现那儿有个人的头。他想那一定是他未来的妻子，于是他兴奋地跑进房子。但是，他刚一进门，就遇到了女孩的家人和姐姐们，他们把他拖进那间房间，锁上门，放火烧了这幢房子。

这就是巫师和他禁止入内的房间的结局。

万泉公主哭得海水淹没了太阳巨人的宫殿
《万泉公主》插图

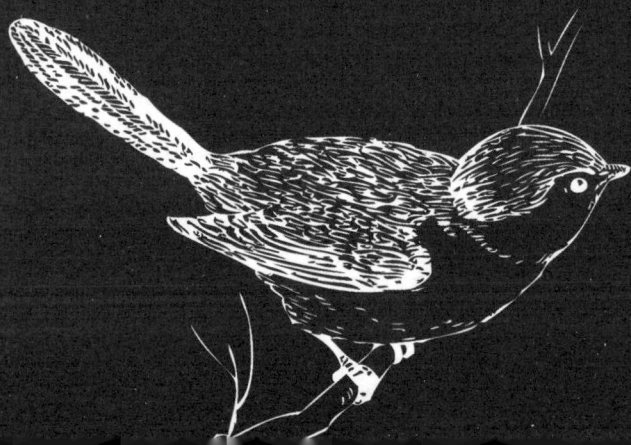

巨人的秘密

很久以前，有一位国王，他有一个勇敢的儿子。一天，儿子对父亲说："父亲，我要周游世界去冒险。"

国王不想同意儿子的请求，但是王子一直坚持，最后国王还是同意了。

王子骑上高头大马，开始了冒险之旅。走了很长一段路以后，王子来到了一片森林，他必须穿越这片森林。走到大森林的深处，王子突然听到了猎狗低沉的叫声和狮子的咆哮声。然后，他看到了四只动物：一只狮子、一条猎狗、一只鹰和一只蚂蚁，他们正在一头鹿的尸体上争论。

看到王子走了过来，狮子咆哮着说："等一下，男人。就像你看到的这样，我们几个在争论。因为我们没办法决

定这头死鹿的哪一部分应该归谁所有。如果你能为我们分配鹿的尸体，并让我们满意，我们就会回报你。"

王子同意了，他把鹿分成了四份。他把腰和腿分给狮子，把肋骨分给猎狗，把内脏分给老鹰，把头分给蚂蚁。

动物们都赞成这种分法。因此狮子对王子说："我们许诺报答你，我们会遵守诺言的。"狮子从脸上的长鬃毛上拔下了一根递给王子，接着说："带上这根毛。无论什么时候，你想变成狮子，就说'上帝和狮子'，你就会变成一头狮子。当你要再变成人时，你说'上帝和人'就行了。"

猎狗也从身上拔下了一根毛，并告诉他怎样变成猎狗，他只需把那句咒语改成"上帝和猎狗"就行了，然后再说"上帝和人"就可以变回人。

然后，老鹰给了王子一根羽毛，告诉他只要说"上帝和老鹰"，就可以变成一只老鹰。蚂蚁也把自己的一根触角送给了王子，告诉年轻人只要说"上帝和蚂蚁"就可以变成一只蚂蚁。

王子谢过动物们，继续上路了，直到有一天，他来到了一座看起来似乎被人遗弃的城堡。王子非常想看看城堡里面是什么样子，但是好像过不去，因为城堡的四周是一座座高山。这时，他想起来森林中的动物们送给他的礼物。于是王子拿出鹰的羽毛，说："上帝和老鹰。"他变成了一只老鹰，飞到了城堡的上空。在城堡的最高塔楼里面，他

看到了一扇打开的窗子，于是他就飞过去，停在了窗台上。

他朝卧室里面望去，发现有一位正在熟睡的美丽少女。

然后，王子说："上帝和人。"他就又变回人形。他走进卧室，想好好看看睡着的少女。少女醒来了，看到王子正在弯腰看着自己，就问："先生，你想在这儿找到什么？如果巨人，这座城堡的主人，发现你，他会毫不留情地杀了你。"

"小姐，"王子回答说，"我不怕巨人，因为我是来冒险的。在我看来，你好像是这个巨大城堡里的囚徒。如果我能帮助你，请你告诉我我能做的事。"

"好的，"女孩说，"我是巨人的囚徒。但是请你帮忙是没有希望的。巨人战胜了所有和他打仗的人。"

突然，雷鸣般的声音在城堡上空回荡。少女大声说："我们没有时间了！巨人马上就会回来，这里你无处可藏。"

"别害怕，小姐。"王子拿出蚂蚁的触角，说了那句把他变成蚂蚁的魔法口诀。

巨人立刻走了进来，说："小姐，我敢肯定你正在和人讲话。"巨人四处寻找，但是他没有看见蚂蚁，于是满意地离开了。

然后，王子说："上帝和人。"他就又变回了人形。

女孩高兴得都说不出话了，于是，她对王子说："先生，也许你能救我。但是，这样的话，你必须先杀死巨人。要杀死巨人，首先要打碎那个保存巨人生命的蛋。那个蛋藏得很隐蔽，没有人能找到它。"

第二天，巨人来到少女的卧室，女孩说："先生，昨天

211

晚上我梦见你的生命处在危险之中，一个人敲碎了藏着你秘密的那个蛋。"

"别担心，小姐，那个蛋藏得很好。"他回答说。

巨人离开了，但无论如何，他开始担忧了，也许他的生命真的处在危险之中。就在眨眼之间，巨人变成了一只鸽子，飞出了窗子。

王子一直注视着巨人，说："上帝和老鹰。"他就飞出去追鸽子了。

鸽子降落到一个山洞里，他从里面拿出一个小盒子，里面有一个蛋。就在这时，老鹰来了。鸽子看到了老鹰，立刻变成了一只郊狼，吞下了蛋。郊狼开始跑。王子说："上帝和狮子。"于是他变成了一只狮子，开始追赶郊狼。然后郊狼变成了一只野兔，藏在狮子追不到的灌木丛里。

王子说："上帝和猎狗。"于是王子变成了一只猎狗，开始追赶野兔。野兔发现自己有被抓到的危险，很快又把自己变回了鸽子。王子变成老鹰，抓住鸽子，用爪子抓着死鸽子飞回地上，打开死鸽子的身体，用锋利的嘴一下子就啄破了那个蛋。然后，在死鸽子躺着的地方出现了一个死巨人。

老鹰飞回城堡，进入少女的卧室，说："上帝和人。"他又恢复了人形，王子把美丽的少女拥在怀中。他们忘记了对巨人的恐惧，结了婚，把阴暗的城堡变成了一个充满爱与幸福的安乐窝。

巴西童话

夜晚是如何降临的

很多年以前，在时间之初，整个世界刚刚被造好的时候，大地上没有夜晚，只有白昼。从没有人听说过日出、日落、星光或者月光。那时候，没有在夜晚出没活动的鸟儿、走兽，也没有在晚上盛开的花，没有长长的影子，也没有夜晚温柔的空气，空气中总是充满浓郁的香味。

那时候，住在深海的大海蛇的女儿嫁给了大地上一个叫做"人"的伟大种族的儿子。她离开深海的有遮挡物掩映着的家来和丈夫一起居住在充满阳光的大地上。她的眼睛因为明亮的日光变得越来越疲惫，她的美貌也渐渐消失了。丈夫悲伤地看着她，但是不知道怎样才能帮助她。

"唉，如果夜晚能来就好了，"就在她疲惫地躺在床上

时，她抱怨说，"这里总是白昼，但是，在我父亲的王国有许多阴影。唉，要是有一点夜晚的黑暗就好了！"

她丈夫听到了的抱怨。"夜晚是什么？"他问她，"告诉我关于夜晚的事，也许我能为你弄到一点夜晚。"

"夜晚，"大海蛇的女儿说，"是我们给深海中使得父亲的王宫变得阴暗的浓重阴影起的名字。我爱大地上的阳光，但是阳光让我感到非常疲惫。如果我们能拥有父亲王国里的一点黑暗，让我们的眼睛休息片刻就好了。"

她丈夫立刻叫来三名最忠诚的奴隶。"我打算派你们去远行，"他告诉他们，"你们去住在深海里的大海蛇的王国，请他给你们一些夜晚的黑暗，这样他女儿就不会因为大地上的阳光死去了。"

三个奴隶出发去大海蛇的王国了。经过充满危险的长途旅行，他们来到了深海里大海蛇的家，他们请求他给他们一些夜晚的阴暗带回大地。大海蛇立刻给了他们满满一大袋子。袋子的口系得很紧，大海蛇警告他们说，他们只有到了他女儿，也就是他们的女主人面前，才可以打开这个袋子。

三个奴隶用头顶着这个装满夜晚的大袋子出发了。很快，他们听到了袋子里的奇怪声音。那是夜晚所有的野兽、鸟儿和昆虫发出的声音。如果你曾经听过丛林中河岸上的夜间合唱，你就知道那袋子发出的是什么声音了。三个奴隶平生从未听过这样的声音。他们吓坏了。

"我们就把这个装满夜晚的袋子放在这儿,逃跑吧。"第一个奴隶说。

"我们会死的。无论如何,无论我们做什么,我们都会死的。"第二个奴隶叫道。

"无论是死是活,我们先打开袋子,看看是什么东西发出这么恐怖的声音。"第三个奴隶说。

于是,他们把袋子放在地上,打开了。所有夜晚的动物、鸟儿和昆虫都跑了出来,夜晚的大黑云也跑了出来。奴隶们被黑暗吓坏了,全都跑到了丛林里。

大海蛇的女儿焦急地等待着背着满满一袋子夜晚的奴隶们归来。自从他们出发旅行以后,她就在等待他们的归来。她用手挡在眼睛的上方,凝视着地平线的方向,满心希望他们能迅速把夜晚带回来。当三个奴隶打开袋子把夜晚释放出来时,她正用这个姿势站在一棵巨大的棕榈树下。"夜晚来临了。夜晚终于来临了。"当她看到夜晚的云在地平线上出现时,她喊道。然后她闭上眼睛,在大棕榈树下睡着了。

当她醒来时,感觉全身放松。她又成了离开父王深海王宫来到大地的快乐公主了。她现在准备好再见到白昼了。她抬头仰望在棕榈树上方闪烁的明亮的星星说:"哦,明亮的星星啊,从此你将被叫做启明星,你将预示着白昼的来临,此时此刻,你将成为统治天空的王后。"

然后她把所有的鸟叫到她身旁,对它们说:"哦,美丽

217

的、歌声甜美的鸟啊，从此我命令你们在这一时刻歌唱，预示白昼的来临。"此刻，公鸡就站在她身旁。"你，"她对它说，"将被任命为守夜人。你的鸣叫将成为夜晚结束的标志，警告其他人马德鲁格达就要来临了。"直到现在，我们还把巴西的清晨叫做马德鲁格达。公鸡向等待着的鸟儿宣布白昼的来临。然后，在这一刻，所有的鸟都唱出最甜美的歌，启明星也成为统治天空的马德鲁格达女王。

当白昼再次来临时，三个奴隶背着空空的袋子穿过大森林和丛林回到了家。

"哦，不守信用的奴隶，"他们的主人说，"你们为什么不听大海蛇的话，只在他女儿、你们的女主人面前打开这个袋子呢？因为你们不听话，我要把你们变成猴子。从此以后，你们将生活在树林里。你们的嘴唇也将永远贴上密封装满夜晚的袋子的封蜡作为标记。"

直到现在，人们仍然能够看到贴在猴子嘴唇上的记号，因为他们用嘴唇咬掉了密封那个袋子的蜡。在巴西，夜晚会很快降临到大地上，就像在时间之初的那些日子，夜晚从那个袋子里迅速跳出来那样。所有夜晚的野兽、鸟儿和昆虫都在黄昏的丛林中进行落日合唱。

为什么所有的香蕉都是猴子的

也许你不知道，但是猴子们认为所有的香蕉都是他们的。当巴西的孩子吃香蕉的时候，他们说："我是一只猴子。"我曾经在巴西认识一个小男孩，他特别特别喜欢吃香蕉。他总是说："我很像猴子。"如果你也喜欢香蕉，巴西的孩子们就会告诉你你也是一只猴子。下面这个他们给我们讲的故事就会告诉我们这是怎么一回事。

很久以前，当世界刚刚被创造出来的时候，只有一种香蕉，但是却有许多种猴子。有一位瘦小的老妇人有一个大花园，里面栽满了香蕉树。老妇人自己没办法摘那些香蕉，所以她与最大的猴子进行了一笔交易。她告诉他，如果他能帮她摘香蕉，她愿意把一半香蕉送给他。猴子摘完

了香蕉。当他拿属于自己的那一半香蕉时，他把那些长在树枝底部、又小又蔫的香蕉给老妇人，而把那些又大又好的香蕉留给自己带回家，放在黑暗的地方等待它们成熟。

老妇人非常生气。她躺了一个晚上都睡不着，她要想一个办法和猴子得到同样的香蕉才行。最后，她想出了一条计策。

第二天早上，她做了一个蜡像，看起来非常像黑人小男孩。然后，她在蜡像的头顶上放了一个大平底篮子，然后再在篮子里放上她能找到的最好的熟透的香蕉。当然了，这些香蕉看起来非常诱人。

过了一会儿，最大的那只猴子从那条路经过。他看到了蜡像，以为是一个兜售香蕉的小男孩。过去他经常推倒兜售香蕉的小男孩，打翻篮子，然后拿着香蕉逃跑。这天早上，他感觉心情特别好，因此，他想可以先有礼貌地向小男孩要些香蕉。

"哎，卖香蕉的小男孩，卖香蕉的小男孩，"他对蜡像说，"请你给我一只香蕉。"蜡像没有回答。

接着，猴子又说，这次他的声音更高了："哎，卖香蕉的小男孩，卖香蕉的小男孩，请你给我一只小的、熟的甜香蕉。"蜡像没有回答。

然后，猴子用最大的声音喊道："哎，卖香蕉的小男孩，卖香蕉的小男孩，如果你不给我香蕉，我就把你推倒，把你的香蕉全都打翻。"蜡像依然沉默。

猴子朝蜡像跑去，使劲用手打它。他的手结结实实地嵌在了蜡像里。

"哎，卖香蕉的小男孩，卖香蕉的小男孩，松开我的手，"猴子大叫，"松开我的手，我就给你一只香蕉，否则，我要用另一只手狠狠地打你。"蜡像没有松开他的手。

猴子用另一只手狠狠地打了一下蜡像，结果另一只手也结结实实地嵌在了蜡像里。

然后猴子又大声喊："哎，卖香蕉的小男孩，卖香蕉的小男孩，松开我的两只手。松开我的两只手，我给你一只香蕉，否则我要用脚踢你。"蜡像没有松开他的两只手。

猴子用脚踢蜡像，但脚也结结实实地嵌在了蜡像里。

"哎，卖香蕉的小男孩，卖香蕉的小男孩，"猴子喊道，"松开我的脚。松开我的两只手和一只脚，我就给你一只香蕉，否则我要用我的另一只脚踢你。"蜡像没有松开他的手和脚。

接着，这只愤怒的猴子用另一只脚踢蜡像，结果他的脚又结结实实地嵌在了蜡像里。

猴子喊道："哎，卖香蕉的小男孩，卖香蕉的小男孩，松开我的脚。松开我的两只脚和两只手，我就给你一只香蕉，否则我要用身体撞倒你。"蜡像没有松开他的手和脚。

猴子用身体去撞蜡像。他的身体也被蜡像紧紧地粘住了。

"哎，卖香蕉的小男孩，卖香蕉的小男孩，"猴子喊，

"松开我的身体！松开我的身体、两只脚和两只手，否则我要叫其他的猴子来帮我了！"蜡像没有松开。

然后猴子叫喊着，制造出一阵喧嚣。很快，猴子们从四面八方来到了这儿。有体形巨大的猴子，有体形娇小的猴子，还有中等大小的猴子，整支猴子大军都来帮助这只最大的猴子。

是那只体形最小的猴子想出一个办法来帮助这只最大的猴子摆脱困境。猴子们全都得爬上那棵最大的树，一只猴子站在另一只猴子的头顶，形成一个猴子金字塔。然后那只嗓门最高的猴子爬到金字塔的顶端，用自己最大的声音朝太阳喊，请求太阳过来帮助最大的猴子脱离可怕的困境。

于是，所有体形巨大的猴子、体形娇小的猴子和中等身材的猴子都这么做了。那只嗓门最高的猴子爬到金字塔的顶端让太阳听到他的话。太阳立刻就来了。

太阳把他炎热的光线倾泻到蜡像上。过了一会儿，蜡像开始融化。猴子终于可以拔出一只手了。太阳又继续倾泻下来更多炎热的光线，很快，猴子又能拔出另一只手了。然后，他拔出了一只脚，然后又另一只脚，又过了一会儿，他的身体也从蜡像里拔出来了。他终于自由了。

当瘦小的老妇人看到这一切时，非常沮丧，她再也不想种植香蕉了。她决定搬到另一个地方去种卷心菜，再也不种香蕉了。于是，猴子们拥有了整座栽满香蕉树的大果园。从那天开始，猴子们就认为，所有的香蕉都是他们的。

万泉公主

　　很久以前，月亮巨人向住在大河中的美丽女巨人求婚，赢得了她的爱。他为她建造了一座豪华的宫殿，大河从这里可以奔腾到大海。宫殿由雕刻着多彩图案的珍珠母建成，里面装饰着黄金、白银和各种珍奇的宝石。在这之前，全世界的巨人们从来没有居住过这么豪华的房子。

　　当月亮巨人和大河女巨人的女儿出生时，他们颁布了一条法律，规定这女孩叫万泉公主，她应该统治所有的河流和湖泊。万泉公主的目光犹如月亮的光辉，她的微笑仿佛是平静水面上的月光。她的力量和大河一样大，她的步伐也和大河一样敏捷。

　　万泉公主慢慢地长大了，许多追求者来到宫殿的窗外

赞颂她，但是，她谁都不喜欢。她和亲爱的母亲幸福地住在美丽的宫殿中，一点也不喜欢这些追求者。从没有一个女儿爱自己的母亲像万泉公主爱大河女巨人一样。

最后，太阳巨人向万泉公主求婚。太阳巨人的力量有美丽的公主的其他十个追求者的力量那么大。他太强大了，最终赢得了公主的心。

然而，当太阳巨人向她求婚，请她和他一起去太阳巨人的宫殿时，万泉公主摇了摇她美丽的头。"哦，太阳巨人，你这么优秀、这么有力量，我爱你，胜过任何一个在王宫窗外歌唱的求爱者，"她说，"但是，我也爱我的母亲。我不能和你走，而离开我亲爱的母亲。这样我会伤心的。"

太阳巨人一次又一次告诉万泉公主他对她的爱有多么强烈，他的豪华宫殿将成为她的新家，她将成为宫殿中的女王，他们的生活将是多么幸福。最后，她听从了他的请求，决定离开家，每年和他一起生活九个月。而另外三个月她要回到壮观的珍珠母宫殿和她的母亲——大河女巨人一起生活。

太阳巨人最后悲伤地同意了这一安排，并举行了婚礼。婚礼持续了整整七天七夜。然后，万泉公主和太阳巨人一起去他的家了。

按照协议，万泉公主每年拜访母亲三个月。每年的这三个月她生活在珍珠母宫殿里，大河从这里奔腾入海。每年的这三个月，河流一路奔腾着又开始歌唱。每年的这三

个月，湖泊又在明亮的太阳光下闪闪放光，好像他们的心中充满了欢乐。

最后，万泉公主的儿子出生了，她想去拜访母亲的时候带上他。然而，太阳巨人不赞成。他坚决不允许儿子离开家。在所有的请求都化为乌有以后，万泉公主独自开始旅行，心中充满了忧伤。她给儿子找来了她能找到的最好的保姆后就离开了。

这一拖延产生的结果是大河女巨人以为她女儿那一年不会来拜访她了。她已经想好了，所有的河流、湖泊、珍珠母宫殿和她作为母亲的感受都不得不在没有万泉公主的状况下按照最好的情况进行。大河女巨人已经出发去灌溉大地了。一个陆地巨人捉住了她，不让她离开。

当万泉公主回到装饰着金银和宝石的用珍珠母建成的美丽宫殿时，家里一个人也没有。她从宫殿的一个房间跑到另一个房间，大声叫着："哦，亲爱的母亲，大河女巨人，亲爱的、亲爱的母亲！您在哪里？您把自己藏在了哪里？"

然而，没有人回答。只有她自己的声音在珍珠母宫殿美丽的大厅里回荡。整座大厅都被遗弃了。

她跑出宫殿，对河里的鱼儿说："哦，河里的鱼儿，你们看见我亲爱的母亲了吗？"

她问海滩："哦，海滩啊，你们看见我亲爱的母亲了吗？"

她问岸上的贝壳："哦，岸上的贝壳，你们看见我亲爱的母亲了吗？"

没有人回答万泉公主的问题。没人知道大河女巨人出了什么事。

万泉公主太担心自己的母亲了，她痛苦得心都要碎了。她悲伤地跑遍了每一寸土地。

然后她去了大风巨人的家。大风巨人不在家，只有他的老父亲在家。他听了万泉公主的悲伤的故事感到非常难过。"我确信我儿子能帮助你找到母亲，"他这样说着安慰她，"他马上就要结束一天的工作回来啦。"

当大风巨人到家的时候，心情一点也不好。他大发雷霆，猛烈地撞击他遇到的每一样东西。幸好他父亲把万泉公主藏在了一个他没看到的壁橱里，他这么做，对她实在是太幸运了。

大风巨人洗过澡，吃过晚饭以后，脾气好了很多。然后他父亲对他说："哦，我的儿子，如果一位流浪的公主特意到我们这里来问你一个问题，你会怎么做呢？"

"哎呀，我当然将尽我所能回答她的问题。"大风巨人回答说。

他父亲立刻打开了壁橱的门，万泉公主走了出来。虽然经历了长期的流浪和内心的极度痛苦，但当她穿着绣着珍珠和钻石的有银色亮光的绿色长裙在大风巨人面前跪下的时候，她看起来仍然十分美丽。她的美貌和悲伤触动了

大风巨人的心。

"哦，大风巨人，"就在他轻轻地扶她起来的时候，万泉公主说，"我是大河女巨人的女儿。我找不到我的母亲了。我已经找遍了每一寸土地，现在来请求你帮助我。你能告诉我她在哪儿或者我怎样才能找到她吗？"

大风巨人戴上了思想帽努力地想着。"你母亲被一个陆地巨人抓住了，那个陆地巨人把她监禁了起来，"他说，"我正好碰巧知道那件事。我昨天从那个地方经过。我很高兴和你一起去，帮你把她带回家。我们立刻出发。"

大风巨人让万泉公主骑上他迅疾的马儿把她带到了陆地。然后，他突袭了囚禁大河女巨人的陆地巨人的城堡。万泉公主安静地在城堡的城墙下挖着，一直挖到了囚禁母亲的地牢。你当然可以想到了，她母亲见到她是多么高兴。

当万泉公主带着母亲平安地来到城堡的城墙外时，她感谢大风巨人为她做的一切。然后，大河女巨人和万泉公主匆忙回到装饰着黄金、白银和珍贵宝石的用珍珠母建成的美丽王宫，在这儿，大河女巨人奔入大海。就在安全地回到这座宫殿时，万泉公主突然想起她离开太阳巨人宫殿的时间超出了协议规定的三个月。她立刻与母亲告别，匆忙返回到太阳巨人即她丈夫和她刚出生不久的儿子的家。

当三个月时限到的时候，万泉公主还没有回到太阳巨人和小儿子的身边，太阳巨人起初十分担忧。然后，他开始生气。他非常生气，于是他娶了另外一位公主。太阳巨

人的新妻子解雇了照顾万泉公主小儿子的保姆，把他关在厨房里，好像他是一个刚刚出生不久的小黑奴。

当万泉公主到达太阳巨人的宫殿时，她看到的第一个人就是她的小儿子，他又脏又没人照看，她几乎认不出他了。然后，她明白了她不在家的这段时间发生了什么。

万泉公主迅速抱起孩子，把他紧紧搂在怀中。然后，她逃到深海里去了，她哭啊哭，哭啊哭，哭得海平面都上升了，一直升高到太阳巨人的宫殿。海水淹没了王宫以及太阳巨人和他的新妻子，整个庭院都在视线里消失了。一连四十天，人们都看不到太阳巨人的脸。

万泉公主的小儿子长大后成了雨巨人。在雨季和雷雨季节，他统治着大地。他给大地送来泪水，就像他母亲万泉公主在深海流出的眼泪一样。

巨人乡喷泉

很久以前有一位盲人国王。他雇用了全王国的聪明医生给他治眼睛，但是没有用，他们中没人能帮他恢复视力。

一天，一位身材瘦小的老妇人来到王宫的大门前请求施舍。她对门口的仆人说："我希望对瞎眼国王说句话。我知道治愈他眼睛的方子。"

仆人把这个瘦小的老妇人带到了国王面前。他坐在御座上，头戴王冠，但是他失明的眼睛上缠着绷带，满面愁容，因为他再也看不到王宫窗外明亮的阳光照在深蓝色的大海上，再也看不到宫廷中穿着紫色、银色和金色等华美服饰的朝臣和贵妇，再也看不见王后的脸庞。

"哦，陛下，"瘦小的老妇人深深地给国王鞠了一个躬

说，"世界上只有一种东西能够使你恢复视力，那就是巨人乡喷泉。用喷泉水洗眼睛，你的视力立刻就能恢复。"

"我怎么才能得到这种神奇的水呢?"国王问，"巨人之乡距离我的王国很远，而且我也不知道去那里的路。"国王、王后和满朝文武都屏住呼吸，听那位瘦小的老妇人的回答。

"陛下需要建立一只强大的舰队，在通往巨人之乡的大河上逆流航行，"她说，"这次远行需要一位拥有勇敢之心的王子做队长，因为一路上会有很多危险来考验他。巨人乡喷泉在一座狭长陡峭的岩石山的顶端，只有一位既不往左看，也不往右看的王子才能攀登到那儿。一路上会有很多巨人，只要这位王子一不往前看，巨人就会抓住他。如果王子成功地攀登到有喷泉的那座山的顶端，就会发现山顶由一条龙守卫着。只有当龙睡着的时候，才有可能接近喷泉。许多王子去过那里取泉水，但是所有的人都失败了。如果你能派一位够勇敢、够聪慧的王子成功地到达山顶，在那儿，他就会找到一位瘦小的老妇人，告诉他龙是否睡着。"

说完这些话，这位瘦小的老妇人就离开了王宫。国王仔细地考虑了她的建议。然后，他派人叫来了三位王子，把这个故事告诉了他们。

"啊，我的父亲，我勇敢又聪明，"大儿子听完父亲的话立刻说，"我要去寻找泉水。我要给您拿回一瓶巨人乡喷

泉的水,这样您的视力就可以恢复了。"

国王命令准备一支强大的舰队,沿着去巨人乡的河流逆流而上。他给大王子准备了许多金子。整个王国都为准备这次航行沸腾起来了。

大王子在王宫的花园里栽了一棵橘子树,并对他的二弟说:"仔细观察这棵树。如果树叶开始枯萎,就是我发生了不测。你就过来救我。"

大王子带着一支庞大的舰队和满口袋的金子出发了。他一路上在许多港口抛下了锚。大王子非常喜欢玩乐,在那些港口他有很多机会玩。在到达巨人乡之前,他就花光了口袋里所有的金子。

当大王子沿着通往巨人乡的大河逆流而上以后,他看到陡峭的岩石山耸立在眼前。他小心翼翼地在头顶上放了一个瓶子,准备用来盛放巨人乡喷泉水,然后慢慢地沿着陡峭的小路向上攀登,把目光紧紧锁定在前方。

然而,很快,他听到了巨人朝他喊叫的声音。用余光,他能看见整条路上的巨人。他忘了既不能朝右看也不能朝左看的警告。

就在王子转移目光的那一刻,一个巨人立刻抓住了他,让王子成了奴隶。"你将永远成为我的奴隶,"巨人说,"除非有一天,你口袋里有足够的金子支付你的赎金。"但王子已经没有金子了。

在家乡的王宫花园里,大王子栽的那棵橘子树的叶子

开始枯萎了。二王子立刻发现了，他跑去告诉国王。"哦，我的父亲，"他说，"我知道哥哥一定陷入了麻烦。我必须去救他。"

国王立刻给他准备了另一支宏伟的舰队。他给二王子的金子比给大王子的金子还要多。王国里的每一个人都尽最大可能加快准备活动。

二王子在王宫的花园里栽了一棵柠檬树，他把小王子叫进花园。此时，小王子正在和狗玩呢，他还只是一个小男孩。"当我走以后，你要小心观察这棵柠檬树，"二王子说，"如果树的叶子开始枯萎，你就应该知道我陷入了麻烦。你就过来救我。"

王子沿着通往巨人乡的大河逆流而上。他在许多港口抛了锚，参加了许多宴会。当他到达巨人乡的时候，他花光了所有的金子。

在王宫的花园里，小王子每天都仔细看着柠檬树。他给树浇水、修剪，呵护备至。

最后，当二王子出发去攀登通往巨人乡喷泉的那座大山时，他感到自己非常勇敢、非常聪慧。他坚定地爬啊爬，即使听到巨人对他的喊叫声，他也既不朝左看，也不朝右看。利用余光，他能看到整条路上有许多巨人。

突然，他听到自己的哥哥大王子的声音，巨人在打他，而他在哭泣着。一听到这样的声音，他就忘了应该向前看了。

就在王子的目光从他前面的路移开的瞬间，一名巨人抓住了他，二王子也成了巨人的奴隶。"你要永远成为我的奴隶，除非有一天，"巨人说，"你有足够的金子支付赎金。"

在家乡的王宫花园里，小王子正在看着这棵柠檬树。就在柠檬树的叶子开始萎蔫的瞬间，他就注意到了，他立刻跑去找国王。"哦，我的父亲，"他一看到国王就喊道，"我的哥哥有麻烦了。我必须去救他。"

"你，我的儿，还只是个小男孩，"国王说，"你的两个哥哥都失败了，你怎么能成功呢？我无法忍受你离开。你是我剩下的全部了。我宁愿我余下的日子什么都看不见，也不愿意让你去。唉，我为什么要听那个瘦小的老妇人讲的那个关于巨人乡喷泉水的故事呢？"

小王子苦苦哀求父亲，最后父亲同意了他的请求，给他准备了一支舰队，并把王国里能找到的金子都给了他。

王子带着勇敢的心出发了。虽然每个港口都有声音欢呼他，请求他停留下来，虽然每个港口都有游戏、宴会和美丽的少女，但是他坚定地继续向前航行。

很快，小王子来到了巨人的家乡。在他面前出现了陡峭不平的岩石山。在他开始攀登以前，他先用棉花塞住了两只耳朵。然后，他小心翼翼地把用来盛巨人乡喷泉水的瓶子放在头顶。

他沿着陡峭的山峰攀登，既不向左看，也不向右看。透过耳朵里的棉花，他能听见巨人呼唤他的微弱的声音。

用余光，他能看到一路上的巨人。他坚决地把目光锁定在前方，坚定地往上攀登，虽然道路崎岖不平，布满石头。他耳朵里的棉花没有让他听到两个哥哥在遭到巨人毒打时发出的号叫声。

最后，小男孩看到了山顶的喷泉。那位瘦小的老妇人正站在路中央看着他往上攀登呢。在走近老妇人的时候，他取出了塞在耳朵里的棉花，这样他就能听见她对他说的话了。

"你在安全时刻到达了山顶，"瘦小的老妇人告诉他，"龙在睡觉。"

瘦小的老妇人帮着小王子在瓶子里装满了喷泉水。然后她说："守卫喷泉的龙是一位被施了魔法的公主。以前，从没有王子足够勇敢、足够聪明来到这里。还有一年零一天，她的魔咒就会解除。到时候你再来，请她做你的新娘。"

瘦小的老妇人给了小王子一枚戒指，小王子也把手上的戒指取下来，交给了瘦小的老妇人。"当魔咒解开的时候，把我的戒指戴在公主的手指上，"他说，"期待我一年零一天以后再来吧。我一定会来的。"

王子沿着山峰的陡峭斜坡下山去了，他小心翼翼地保护着那个装满巨人乡喷泉水的瓶子。当他下山走到一半时，看到两个哥哥站在路上。

"万岁，"他们喊着，"你成功了。你已经有了一瓶喷泉水。如果你口袋里也有金子，你就可以支付我们的赎金，

我们就能和你一起回我们父亲的王国了。"

"我的口袋里仍然装着父亲给我的金子，"小王子说，"你们自己拿吧。如果金子对你们有用，你们就拿吧。"小王子口袋里的钱比赎金多很多。

当他们顺着大河朝家的方向航行时，小王子的两个哥哥设计要陷害他。"来，"一个王子对另一个说，"我们怎么能让父亲知道是我们的小弟弟成功地取到了巨人乡的喷泉水呢？我们把他丢在岸上吧。然后我们一起带着巨人乡喷泉水去见我们的父亲。当他的视力恢复以后，我们分享他的祝福和王国的荣耀。我们就说不知道我们的小弟弟怎么了。"

于是，大王子和二王子就这么做了。小王子睡着时被扔到了岸上。在疲惫地毫无目的地走了很远以后，他来到了一个穷苦渔夫的小屋，渔夫雇他干活。

国王用巨人乡喷泉水洗完眼睛以后，他的视力立刻就恢复了。国王把整个王国的荣耀都给了大王子和二王子。然而，整个王国都因为失去了小王子而哀痛。国王和王后从来没有放弃小王子会回来找他们的希望。王后小心地放好小王子的所有衣服，这样，如果他回来，立刻就可以穿这些衣服。她每天都充满爱意地拿出这些衣服抖动，这样白蚁就不会在衣服上咬出洞。

一年零一天很快过去了。守卫巨人乡喷泉的巨龙解除了魔咒，还原为一位美丽的公主。

瘦小的老妇人和公主按照王子的誓言等待着王子的到来。"这孩子一定是发生了什么不幸的事,"瘦小的老妇人说,"我们去找他吧。我知道他是一个不会失约的孩子。"

瘦小的老妇人和手上戴着王子戒指的美丽公主来到了国王的宫殿。国王听到她们讲的故事以后,把两个有罪的王子叫到跟前。他们被迫承认了自己的邪恶行径,立刻被投入监牢。他们激起了全国的愤怒。

然后,国王、王后和满朝文武驾驶着他们最快的船只来到了小王子被扔上岸的地方。瘦小的老妇人和手上带着小王子戒指的美丽公主与他们同行。终于,经过苦苦搜寻,他们发现了渔夫的小屋和为渔夫干活的小王子。

当国王、王后和满朝文武看到小王子健健康康活着的时候,他们高兴得流出了热泪。王后注意到小王子穿着破烂的粗布衣服,又哭了。她带来了王子平日里最喜爱穿的绣着金线的衣服,这件衣服她保存得很好。王子穿上了这件衣服,但是衣服显得有点紧、有点短,因为这一年里他又长高了很多。无论如何,当他站在美丽的公主面前时,他都看起来很英俊,他立刻宣布公主是他的新娘。

渔夫对发生的这些事感到非常惊讶,因为他做梦也没有想到给他干了一年活,在他简陋小屋的地上睡在他旁边垫子上的人是国王的儿子。

"他可能是一位王子,但是他是曾经给我干过活的人中最忠诚的小伙子。"渔夫说。

"他的确是一位王子，"满朝大臣们说，"可以毫不夸张地说，他是全世界最勇敢、最忠诚的王子。"

"他的高贵行为已经向世界证明，当我离开这个世界时，他最适合统治我们这片美丽的土地。"国王在向王子和美丽的公主表达祝福时说。

译者后记

　　童话，是一种古老的口头文学形式，记载了人类祖先是如何解释劳动生活中遇到的种种自然现象的。从文化人类学的角度来看，童话无国界，世界各国各民族的原初童话故事都有一种大体相似的结构与内容，但是，每个民族的童话都有每个民族的地域特征和民族特征，阅读世界各地的童话，能够帮助我们了解其他民族的文化和生存环境，对于开拓儿童视野、提升儿童的想象力有着非常重要的作用。

　　《捕获时间之父——美洲经典童话》总共收集、整理和翻译了35个美洲童话故事。在选择故事时，译者考虑到美洲的地域特征，遵循由北往南的原则，共选择和翻译了19

个加拿大童话故事、4个美国童话故事、8个墨西哥童话故事和4个巴西童话故事。在有限的篇幅内，译者尽量做到选择和翻译具有美洲风格、能够代表美洲地域特色和文化特色的童话故事。

本童话集的前19个故事选自塞勒斯·麦克米兰在1921年出版的《加拿大童话故事》。作者塞勒斯·麦克米兰从父亲那里学习了古老的印第安语，该书中的所有故事都是他在加拿大的河边、湖边以及海边生活着的印第安人口头流传的神话故事中收集而来的。经过塞勒斯的整理，文字形式与原文有很大的不同，但是，故事梗概没有太大变化，基本上可以说是原汁原味。印第安人的语言非常富有诗意，例如他们把北极叫做"黑暗之乡"，把加拿大西边的太平洋命名为"西方的大河"，把人死以后的灵魂居所叫做"阴影之乡"，等等，在翻译过程中，译者尽量保留源语言的行文风格。

这些加拿大童话故事远在亚瑟王与圆桌骑士之前就已经存在了，其存在的年代要比加拿大历史悠久得多。这些童话故事，讲述了加拿大大森林的魅力与神秘，通过这些故事，读者可以看到印第安人在人类文明之初是如何理解大自然的。这些童话故事充满了想象力。在正义与邪恶的较量中，印第安人心中始终有一个正义的尺度，当正义难以维持时，他们就幻想出一位掌控正义与巨大力量的仙人出来主持公道，帮助印第安人摆脱困境。格鲁斯凯普是一

239

位伟大的印第安大神，在冬季中的一天，他像圣诞老人一样，坐着狗拉的雪橇来到孩子们身边，倾听孩子们的愿望，给孩子们发放礼物；同时，因为生活在大森林，他还需要兔子给他做向导。对于今天的孩子而言，阅读这些与自然密切相关的童话，可以大大提升他们的想象力，培养他们的道德情操和对正义的认识。

印第安人非常具有想象力，在他们的想象中，动物具有人的特征和外貌，例如蜘蛛人、麻雀人、猫头鹰人，这些半人生物具有人的一切能力，还具有这些动物本身的特征，但是，因为一些原因，他们人的特征被削弱了，或者被完全消除了。例如蜘蛛人，他原是生活在天国的仙子，但是，由于他想偷懒和他对星仙子施行的恶毒行为，他作为人的美丽的外表被完全剥离，变成了一个长着 8 条细长腿和一个巨大肚子的丑陋生物。

接下来的四个故事《拥有熊的女孩》、《神奇的魔法糖》、《捕获时间之父》以及《北极熊之王》选自《美国童话故事》，作者是 L. 弗兰克·鲍姆。《拥有熊的女孩》这则故事告诉我们无论在什么场合都要学会快速而清晰的思考，如果简·格拉迪丝没有想起她拥有那本书，在门铃响起以前，她也许就被熊吃掉了。

《神奇的魔法糖》这则故事告诉我们因为不理解他人的行为就责备他人是愚蠢的，因为我们永远也不知道我们自己会发生什么事。此外，这则故事也暗示我们要小心谨慎，

不要把自己的包裹落在公共场合，顺便提一下，也千万不要碰他人的包裹。

《捕获时间之父》这则故事告诉我们时间非常重要，让时间停止下来是多么愚蠢。如果你能像吉姆一样使时间停顿，那么整个世界就会变成一个阴沉的地方，显然，生活也会让人感到不愉快。《捕获时间之父》有一点美国西部牛仔的色彩，但是，故事本身又具有很强的欧洲文化底蕴。

《北极熊之王》这则故事具有浓郁的北美洲特征，告诉我们真正的尊严与勇气并不依靠外表，而是来自内心，自吹自擂与咆哮吼叫是战斗中最糟糕的武器。

再往下的八个故事：《星期日和七天》、《熊王子》、《小绿兔》、《克莱门西亚和乔斯》、《吉卜赛女王》、《虱子皮外衣》、《禁止入内的房间》和《巨人的秘密》是墨西哥童话，都涉及巫师、魔法，选自小加百利·A. 科尔多瓦收集整理的《墨西哥魔法故事》，该故事集收录的是墨西哥与美国德克萨斯州边境的魔法故事。墨西哥曾经是西班牙殖民地，又与美国接壤，而美国也有大批移民来自欧洲，所以这部分故事和一部分欧洲的童话故事有些相似之处，但又与欧洲的童话故事有很大不同，具有当地的文化特征。《禁止入内的房间》与在欧洲流行的专门杀妻的蓝胡子故事有些相像，但又有所不同。故事中的男巫没有蓝胡子那么残忍，他会法术，但是没有用好自己的法术。

《夜晚是如何降临的》和《为什么所有的香蕉都是猴子

241

的》这两则童话故事选自埃尔西·斯派塞·伊尔斯于 1917 年出版的《巴西童话》。最后两则童话故事《万泉公主》和《巨人乡喷泉》选自埃尔西·斯派塞·伊尔斯于 1918 年出版的另一本童话故事集《巴西巨人童话》。这四则童话故事有着浓郁的巴西风情，向世界展示了巴西在受到欧洲殖民者侵略以前丰富多彩的古老文化，值得各个层次的读者，尤其是少年儿童读者阅读。

吴　虹

图书在版编目(CIP)数据

捕获时间之父:美洲经典童话/吴虹译.—杭州:浙江
大学出版社,2014.1

(想经典:想象力完全解决方案)

ISBN 978-7-308-12360-0

Ⅰ.①捕… Ⅱ.①吴… Ⅲ.①童话－美洲－缩写
Ⅳ.①I708.8

中国版本图书馆 CIP 数据核字（2013）第 240991 号

捕获时间之父:美洲经典童话
吴　虹　译

责任编辑　谢　焕
装帧设计　臻玛工坊
出版发行　浙江大学出版社
　　　　　（杭州市天目山路 148 号　邮政编码 310007）
　　　　　（网址：http://www.zjupress.com）
排　　版　杭州林智广告有限公司
印　　刷　杭州杭新印务有限公司
开　　本　880mm×1230mm　1/32
印　　张　7.875
插　　页　6
字　　数　145 千
版 印 次　2014 年 1 月第 1 版　2014 年 1 月第 1 次印刷
书　　号　ISBN 978-7-308-12360-0
定　　价　22.80 元

图片版权声明

本书所用图片来自多种资料,其中部分图片的作者虽经多方寻找仍无法与之取得联系。如作者或知情者看到本声明,请与我们联系(邮箱地址:zjupress@sina.cn),我们将按照国家规定标准支付作者稿酬,以维护并保障作者权益。

浙江大学出版社

任务本说明

一 什么是任务本？

任务本是由书中人物发起的，需要你利用各种知识和技能来完成。每本任务本的名目各自不同，但都包含十二个任务，你只需按照你的能力与爱好完成其中的几种，而不必一定全部完成。任务本的设定除了有助于开发你的各项智能之外，更重要的是，它将引导你进入"古火界"，并在其中获得更多的经验值以及勋章。

二 什么是"古火界"？

在人类还未出现的远古时代，"古火界"就已经存在。据说在"古火界"里，蕴藏着突破人类能力极限的惊天秘密。自古埃及时代以来，图坦卡蒙、奥德修斯、哥伦布、郑和……人们一直在探寻这片神秘的土地，但始终没有成功。今天，"罗杰·培根使团"终于找到了"古火界"的入口。然而，"古火界"里云遮雾罩，仅仅凭借使团之力，根本无法参透其中的奥义。因此，使团最新一任首领将"古火界"的入口映射到互联网上，建立了一个和真实的"古火界"同步的平台，希望能结集最有才能的人士一起来揭开这个旷世秘密。

三 什么是"罗杰·培根使团"？

在古往今来寻找"古火界"的人群之中，诞生于中世纪英国的罗杰·培根是其佼佼者。他素有"奇异博士"之称，他凭借一己之力探测"古火界"的位置，几近成功。然而，就在他即将找到入口时，却神秘死亡了（但据他的一名学生声称，罗杰·培根并没有死,而是通过入口进入了"古火界"）。他的十二位学生继承了他的遗志，以"罗杰·培根使团"为名，一直从事着这项事业，一代又一代，薪火相传，从未中断。这个世代的使团由一些作家、设计师、学者、教师、评论家等高智商人士组成。他们将负责审核每一位来到"古火界"的参赛者的作品，并给予相应的评价。使团的评价将被视为公平权威的判定。

四 什么是经验值？我能拿经验值做什么？

凡是将完成的任务上传到"古火界"平台的选手，"罗杰·培根使团"都将根据其作品的质量提供相应的经验值。"古火界"将实时对挑战者的经验值进行排名，以挑选最优秀的选手进入下一个环节的竞赛。每一季结束后，排名靠前的选手还将获得丰厚奖品。不久之后，经验值还能在"古火界"兑换各种道具，这些道具将在你的解谜之旅中提供帮助。

五 什么是勋章？它有什么用？

凡是将完成的任务上传到"古火界"平台的选手，都有机会获得使团颁发的各种勋章。通过积累勋章，你将发掘出自己最强大的能力，并据此来确定自己在"古火界"的身份。这些勋章都具有其相应的功能。其普通功能是可以由持有者随时发动的，而其特殊功能则将由"罗杰·培根使团"不定期在"古火界"平台上发布，因此具有时效性。请各位冒险者时时关注发布的信息。

六 "古火界"现在有哪些机构？

为了选拔更有希望破解"古火界"之谜的精英团队，"罗杰·培根使团"先期设定了十个机构：太史府、圆桌骑士团、五禽园、竹林居、纵横院、裂山军、画师班、观星亭、宗王殿、御史台。其分别对应着首期颁发的十种勋章。每个机构在"古火界"都有着不同的功能和设定，都会在破解谜团的过程中发挥作用。取得勋章者，最终将根据自己的能力和爱好，做出进入哪个机构的选择，这将决定着你在"古火界"的成长路径。

七 我应该怎么做？

首先，请进入"古火界"平台（www.guhuojie.com）。注册你的信息后登录平台。在二十个入口处进行选择，然后上传你完成的任务。使团将在第一时间完成作品的评价，并为你颁发勋章和经验值。你可以与你的亲友互加好友，观摩对方的作品并进行评价。"古火界"将会实时播报所有选手的经验值排名。在积累了一定的经验值和勋章后，你可以利用它们发起好友之间的挑战，取得更多的经验值和勋章。在每一季结束时，"罗杰·培根使团"将根据经验值排名提供给优秀者相应的奖励。

其他强大功能将不断推出。

勇敢的人啊，

　　如果你收到我的指令，那你就是被我选中的那个人。不要疑惑，也不要怀疑，因为我是格鲁斯凯普，大地之神。在这片陆地上，我可以将信件传达到任何一个人的手中。

　　现在我们遇到了一个非常重大的危机，必须有勇士站出来，帮助这片大地上的人们。

　　既然你是被我选中的，我相信你一定有能力来帮助我们，但在这之前，我们必须要对你进行一些考验，以便我们了解你的能力以后可以更好地加以利用。希望你能够成功。

格鲁斯凯普

"What do you wish?" said Glooskap. "We wish nothing for ourselves," said the children, "but we ask that the leaves that were killed by Wolf-Wind because they saved us from his rage be brought back to life and put back again in their old home in the trees."

MISSION 1

　　你如果读完了这部书，那相信已经对我有所了解了，你能说出我的哪些丰功伟绩？另外，根据书里的描述，你觉得我的样子是怎么样的？来吧，用你的笔告诉我你对我的看法吧，不要害怕，无论你写的或画的有多糟糕，我都不会惩罚你。

　　奖励：将你的作品上传到古火界，文字作品将获得5—50个经验值，绘画作品将获得10-100个经验值。"罗杰·培根使团"将会挑选出一些特别出色的作品分别授予"文书勋章"或"画师勋章"。

"你们想要什么？"格鲁斯凯普问。"我们不为我们自己要东西，"孩子们说，"但是，我们想让那些狼风在发怒时弄坏的树叶再活过来，因为他们，我们才得救了，我们想让他们再回到原来的位置。"

文书勋章

- **持有资格**：具有较强的文字理解力和组织能力，能够通过想象力的发挥写出精彩文章。
- **身份解说**：文书勋章的持有者是古火界最大的群体，他们将有机会进入太史府。史官以上层级的选手可以主动策划任务和挑战。而最终古火界的秘密的揭开，必须有太史的参与，因为只有他能将这段历史载入史册。
- **升级路径**：文书➠一级文书➠史官➠太史

And Raven said, "Only one thing can pay for the child, and that is Fire. Give me Fire and you can take the baby."

MISSION
2

现在，在读了这部书之后，你对我的人民——那些生活在美洲的人们的生活方式以及性格有了什么新的了解？这与你们国家的人又什么不同？面对即将到来的危机，我的勇士必须与我的人民站在一起，因此，你对他们的了解是必不可少的。

奖励：将你对美洲人的了解形成文字后上传，你将会获得5—50个经验值，从中，优秀的作品将被授予"文书勋章"和"智者勋章"。

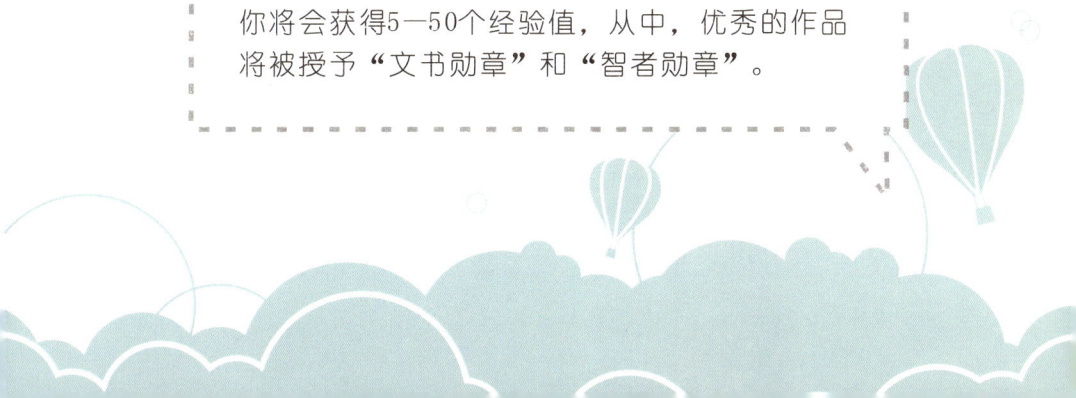

渡鸦说：“你们只能用一样东西来交换那孩子，那就是火。给我拿来火，你就可以领走那孩子。”

智者勋章

- **持有资格**：具有相当的哲理性思维，能够准确判断事物的价值。
- **身份解说**：拥有智者勋章的选手将有可能进入竹林居，而达到苏格拉底状态的智者可以说服任何人（除拥有王者之剑和帝玺者之外）做任何事。整个古火界只有一个人能达到无界状态，他将得到将思想化为现实的能力。但是智者有时候也会走火入魔，成为放浪形骸的散人，他们会迷惑人心，诱使其他人走火入魔。
- **升级路径**：智者状态➡第欧根尼状态➡苏格拉底状态➡无界状态
- **走火入魔**：散人状态

Rabbit was now very cross, and in his anger he said,
"Now I shall bite you," but when he bit the little man,
his teeth, like his feet and hands, stuck fast. Then he
pushed with his body with all his might, hoping to
knock the little man down, but his whole body stuck
to the dummy figure.

森林里有一个坏消息在流传，说有一种新的生物将来到这片大陆上，你还记得是在书中哪一篇提到的吗？我有一些忘了。你觉得那是一种怎么样的生物？会给我们带来灾难，还是会成为我们的朋友？

奖励：把你的作品上传古火界，你将会获得5—50个经验值，最有想象力的作品将还会获得"文书勋章"。

MISSION
3

兔子此时非常生气，他气鼓鼓地说："现在我要咬你！"但是当他咬到小人的时候，他的牙齿，像脚和手一样，也被紧紧地嵌进了树胶里。然后，他用尽全身力气想要把小人撞倒，但是他的整个身体也都粘到了树胶人上。

文书勋章

- 持有资格：具有较强的文字理解力和组织能力，能够通过想象力的发挥写出精彩文章。
- 身份解说：文书勋章的持有者是古火界最大的群体，他们将有机会进入太史府。史官以上层级的选手可以主动策划任务和挑战。而最终古火界的秘密的揭开，必须有太史的参与，因为只有他能将这段历史载入史册。
- 升级路径：文书▶一级文书▶史官▶太史

And every year when autumn comes in the north country, the leaves take on again the bright and wondrous colors given to them by the blood of Bear and Deer when they fought on the Rainbow path ages and ages ago.

除了我之外，在整本书中讲到的所有人类和神明之中，你认为谁最厉害？或许我们可以把他也一起招募进来，当然，你要说明你的理由。

MISSION 4

奖励：把你的观点上传，我们会酌情给予你5—50个经验值，最有说服力的参与者将被授予"伙伴勋章"。

在北方,每当秋天来临时,树的叶子就会呈现出明亮鲜艳的色彩,这些颜色是很多很多年以前,熊和鹿在彩虹路上打架时滴落下来的。

伙伴勋章

- 持有资格:对于伙伴关系有着深刻的理解,能够认清伙伴的价值并能维护好友谊。
- 身份解说:持有伙伴勋章的人将有机会加入裂山军。随着等级的提升,达到将军阶段的选手将拥有挑战宗王殿的成员的权力,若在竞争中获胜,则可取代失败的宗王殿成员的地位。而元帅则可以拥有麾下任意10个人的能力来达到自己的目的。但是每一个相应的阶段都要求你招募到足够多的同伴。
- 升级路径:伙伴➡队长➡将军➡元帅

And since that night the Man in the Moon has never come back to earth. He stays at his task in the sky, lighting the forest by night; but he still bears on his face the marks of the black mud which Rabbit threw at him. And sometimes for several nights he goes away to a quiet place, where he tries to wash off the mud; and then the land is dark.

✂- -

为了让你事先做好准备，我可以向你透露一些关于危机的事项。在我们的南方，有三个强大而且嗜血的神明：战神、黑暗之神和妖神。本来我们一直相安无事，但最近，这三个神准备进攻我的人民。如果我将这片土地让给他们，至少我的人民可以得以生存，但如果我与 **MISSION 5** 他们开战，可能将导致生灵涂炭。你觉得 我应该怎么做？这真是一个两难的选择。

奖励：请把你的想法上传到古火界，并领取5—50个经验值，不管你的观点如何，"罗杰•培根使团"将根据你的想法做出是否授予你"智者勋章"或者"勇士勋章"的决定。

从那时起，月亮人再也没有到地球上来过。他老老实实地在天空履行自己的职责，每到夜晚，照亮森林；但是，他的脸上仍然有兔子扔的黑泥巴的印记。所以，有时候，他要离开几个晚上，找一个安静的地方去洗脸上的泥巴，那时大地一片黑暗。

勇士勋章

- 持有资格：具有勇毅精神，不畏艰难，能够独立面对困境。
- 身份解说：勇士勋章持有者有可能成为圆桌骑士团成员。骑士团的团长将会获得决定任意一名选手生死的能力。这对所有参赛选手都是一个机遇和挑战。但是，走火入魔的骑士团成员将有可能成为恶灵骑士，将无节制随机消灭比他层级低的选手。
- 升级路径：勇士▸奇侠▸巨灵▸神威▸团长
- 走火入魔：恶灵骑士

The people wanted to go with him, but he said,
"No! We shall go alone. It is a dangerous duty,
and it is better that, if need be, two should die
in the attempt, than that all should perish."

有时候，当人们遇到困难时，会向已逝的人求得帮助。你觉得在书中讲到过的已经过世的人之中，有谁是你特别想交流的？你想问他什么事？我会给你创造这个机会，你可以当面与他聊天，但你要把你们的对话写下来报告给我，或许我也会从中受到什么启发。

MISSION
6

奖励：把你们的对话记录上传将会让你得到5—50个经验值，而特别有启发性和想象力的作品将会获得"通灵勋章"和"文书勋章"。

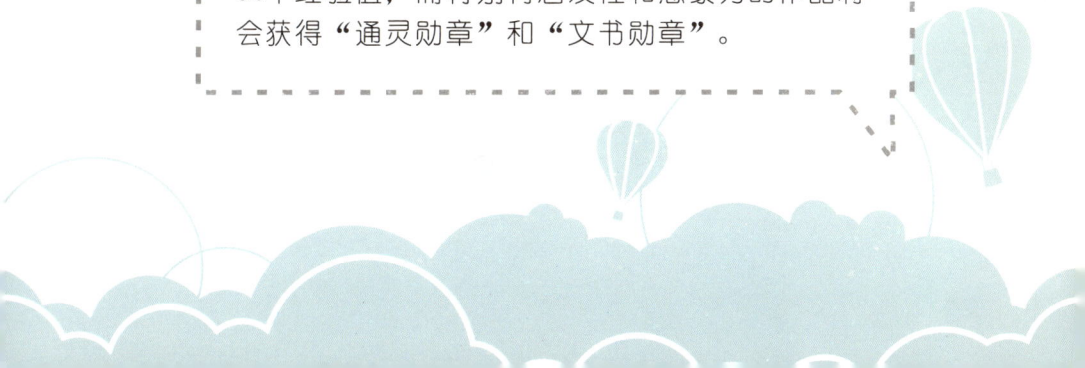

人们想和他一起去，但是，他说："不！就我们两个人去。这次任务非常危险，死两个人，比所有的人都死要好很多。"

通灵勋章

- 持有资格：能够与亡故的人或神灵进行对话交流，获取有用的信息。
- 身份解说：通灵勋章的持有者将有机会进入观星亭。他们跨越世界的能力有助于选手们获取更多的智慧，帮助揭开一些谜团。但只有更高阶的通灵师才能成长为能够为古火界的未来发展做出预言的通天星象家，这是整个揭秘过程中最为重要的环节。
- 升级路径：通灵师➡高阶通灵师➡三星预言家➡七星预言家➡通天星象家

And the Blackfeet of the plains pray that he will always keep in front in the race with his former witch-wife, so that there may be always Night and Day in succession in all the land.

MISSION 7

每个人都可能会犯错，而且，要是没有人指出，他们往往自己都意识不到。在这本书里，你看到了什么你觉得不正确但没有被纠正的事或者观念？如果是发生在我身上，你也但讲无妨，我不是一个小气的人。

奖励：把你的想法上传后，你将会获得5—50个经验值，而被"罗杰•培根使团"评为优秀的作品将会被授予"澄心勋章"。

大平原上的黑脚印第安人总是祈求他跑在他巫婆妻子的前面，这样大地上的黑夜和白昼交替存在了。

澄心勋章

- **持有资格**：具有良好的道德感和价值观，能够指出书中的不良观念。
- **身份解说**：获得"澄心勋章"的人即为澄心大使，将有可能进入御史台，其成员负责审查参赛选手的道德品格，但初阶成员只能对其他选手提出建议、质疑，只有在坚信主教以上层阶的成员有权力将审查不合格的选手或走火入魔的人直接开除出古火界。而最高阶的圣光裁决者可以使任意选手获得任何类别的勋章或地位（除御史台本身和宗王殿之外）。
- **升级路径**：澄心大使➧黑面判官➧坚信主教➧圣光裁决者

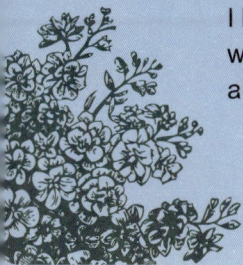

I have taught you the uselessness of all material things, which in the end are but as ashes or as dust. Our thoughts alone can help us in the end, for they alone are eternal.

强大的时间之父，如果能站在我们这边，我们一定胜券在握了，但除了好运的吉姆曾经捕获过一次，再没有人见过他。如果你能遇见他，让他把时间停止下来，你想要做什么？希望你不会和吉姆一样，做那些无意义的恶作剧。

奖励：把你的设想上传，你会被授予5—50个经验值，而最富想象力和创造力的作品将会被授予"文书勋章"。

我已经告诉你了物质的东西都是虚无的，任何物质都注定要化为尘土。只有我们的思想最终能够拯救我们，只有思想才是永恒的。

文书勋章

- **持有资格**：具有较强的文字理解力和组织能力，能够通过想象力的发挥写出精彩文章。
- **身份解说**：文书勋章的持有者是古火界最大的群体，他们将有机会进入太史府。史官以上层级的选手可以主动策划任务和挑战。而最终古火界的秘密的揭开，必须有太史的参与，因为只有他能将这段历史载入史册。
- **升级路径**：文书⇒一级文书⇒史官⇒太史

And since that time, the animals and birds have been friends to the Indians, and the Indians have acquired much of their cunning and skill and power.

MISSION
9

在《思想拯救的孩子》这个故事中，男孩的母亲通过思想拯救了他。看到这里，你要老老实实回答我：你相信思想的力量吗？你觉得思想有多大的力量？我们可以如何利用？

奖励：上传你的想法后，你将会获得5—50个经验值，并且有机会获得"智者勋章"。

从那时起，动物和鸟就成了印第安人的朋友，印第安人也获得了他们的智慧、技能和力量。

智者勋章

- **持有资格**：具有相当的哲理性思维，能够准确判断事物的价值。
- **身份解说**：拥有智者勋章的选手将有可能进入竹林居，而达到苏格拉底状态的智者可以说服任何人（除拥有王者之剑和帝玺者之外）做任何事。整个古火界只有一个人能达到无界状态，他将得到将思想化为现实的能力。但是智者有时候也会走火入魔，成为放浪形骸的散人，他们会迷惑人心，诱使其他人走火入魔。
- **升级路径**：智者状态➝第欧根尼状态➝苏格拉底状态➝无界状态
- **走火入魔**：散人状态

And to this day the Sparrow-people know when Rain is coming, and to signal his approach they gather together and twitter and hop along and make a great hub-bub, just as they did when their ancestor found him by means of his down-feather in the olden days.

和那个美国的药剂师 **MISSION 10** 一样，我也有五粒神奇的魔法糖，这些糖可以帮助你变得更加有力量，对我们的事业将有着非常大的帮助。这五粒糖分别拥有能让人隐身、飞翔、力大无穷、点石成金、能听到别人的思想这五种神奇功能，如果只能选一粒，你会选哪粒？

奖励：把你的理由写出来，上传之后，你将会获得5—50个经验值，被"使团"认定为最具想象力的作品将会获得"文书勋章"。

直到现在，麻雀人都知道雨什么时候来，为了传达雨的信号，他们全都聚集在一起，"唧唧喳喳"地跳跃着，发出巨大的噪声，就像他们的祖先在很久以前利用绒毛找到雨的时候一样。

文 书 勋 章

- 持有资格：具有较强的文字理解力和组织能力，能够通过想象力的发挥写出精彩文章。
- 身份解说：文书勋章的持有者是古火界最大的群体，他们将有机会进入太史府。史官以上层级的选手可以主动策划任务和挑战。而最终古火界的秘密的揭开，必须有太史的参与，因为只有他能将这段历史载入史册。
- 升级路径：文书➠一级文书➠史官➠太史

"Night," said the daughter of the Great Sea Serpent, "is the name we give to the heavy shadows which darken my father's kingdom in the depths of the seas. I love the sunlight of your earth land, but I grow very weary of it. If we could have only a little of the darkness of my father's kingdom to rest our eyes part of the time."

辽阔的美洲大地，到处都是美景，通过书中的描述，相信你已经领略了不少，请把你觉得最美的景象画下来，给将要帮助我们的人看，让他们知 **MISSION 11** 道保卫我们的家乡的意义。我不会计较你 的画笔有多纯熟，只要你用心，我就会看到你对我们的价值。

奖励：将你的画作上传后，将会获得10—100个经验值，优秀的作品将会被授予"画师勋章"。

"夜晚，"大海蛇的女儿说，"是我们给深海中使得父亲的王宫变得阴暗的浓重的阴影起的名字。我爱大地上的阳光，但是阳光让我感到非常疲惫。如果我们能拥有父亲王国里的一点黑暗，让我们的眼睛休息片刻就好了。"

画师勋章

- **持有资格**：具有勇毅精神，不畏艰难，能够独立面对困境。
- **身份解说**：勇士勋章持有者有可能成为圆桌骑士团成员。骑士团的团长将会获得决定任意一名选手生死的能力。这对所有参赛选手都是机遇和挑战。但是，走火入魔的骑士团成员将有可能成为恶灵骑士，将无节制随机消灭比他层级低的选手。
- **升级路径**：画师➡画匠➡画圣➡画神
- **走火入魔**：酒神

The fisherman was greatly astonished at all the proceedings, for he had never dreamed that it was the king's son who had been working for him all the year and sleeping on a mat at his side on the floor of his rude hut.

你已经证明了你所拥有的智慧和具备的勇气，现在你还要证明你是一个合格的领袖，因为我无法每时每刻都指挥所有人，你必须学会担当起领袖的重任，当我不在的时候，你必须要对我的人民负责。

MISSION 12

如果黑暗之神降下黑幕，让人什么都看不见，战神统领50万大军一路杀来势不可挡，妖神则在一旁极尽偷取情报、挑拨离间和分化军心的能事，你会怎么办？我有20万名勇士可供你调遣，你必须要仔细设想如何调配这些兵力，化你的劣势为优势。

奖励：把你的设想上传，无疑将会为你获取5—50个经验值，被"罗杰·培根使团"认定为出色的作品将会被授予"谋士勋章"或"首领勋章"。但获得"首领勋章"的前提是，你必须已经收集了4种其他勋章。

渔夫对发生的这些事感到非常惊讶，因为他做梦也没有想到给他干了一年活，在他简陋小屋的地上睡在他旁边垫子上的人是国王的儿子。

首领勋章

- 持有资格：对目标有着清晰的规划，有带领一个团体进行挑战的领导能力。
- 身份解说：首领勋章的持有者将得到进入宗王殿的机会。在成千上万名的挑战者中，最后会有少数几位领袖脱颖而出。他们将共同承担起领导其他选手一起揭开古火界的秘密的重任。但是这个机构的人数是有限的，而且有一些首领会因为利欲熏心而走火入魔，成为蚩尤附体，这将会给选手们带来相当大的麻烦。
- 升级路径：首领⇒诸侯虎符⇒王者之剑⇒帝玺
- 走火入魔：蚩尤附体